观知日本

一个中国人的东瀛履迹

徐静波 著

复旦大学出版社

目　　录

四国杂记 …………………………………… 1
原爆纪念馆天际的一抹斜阳 …………… 10
足利的"学校"和江户的"昌平黉" …… 14
乡居上田 …………………………………… 22
美术长野 …………………………………… 32
诗情轻井泽 ………………………………… 41
日清媾和纪念馆 …………………………… 49
萩市行旅 …………………………………… 56
山间小城津和野 …………………………… 65
神户古旧书市淘书记 ……………………… 71
京都黄檗山万福寺踏访记 ………………… 76

尾道：一座与文学和电影结缘的海港小城 ········ 88
邂逅了江南风情的仓敷 ················ 95
江户时代的驿站 ···················· 101
离宫的秋色 ······················ 111
这里是日本吗？现在是——冲绳散记 ·········· 119
神保町的旧书店街 ··················· 126
由佩里纪念公园所想到的 ··············· 131
京都的茶屋和茶寮 ··················· 137
白河夜船 ························ 146
鹿儿岛，曾经的地名是萨摩 ·············· 153
小泉八云在熊本的足迹 ················ 162
半篇有田町游记 ···················· 168
没有日本茶的"吃茶店" ················ 177

后记 ·························· 188

四 国 杂 记

四国于我倒不是陌生之地,1991年11月受日本国际协力机构(JICA)的邀请和安排,我随教育部的访日团第一次去日本时,就曾在四国的香川县待了差不多一个星期,后来又曾三度造访位于松山市的国立爱媛大学,最长的一次是2000年秋冬在爱媛大学任教三个月,算是有了一些比较深入的体验。

第一次去日本时,实际的体验自然不消说,连阅读的知识也十分有限,经历了我在日本的许多第一次。在香川县的一周,前几天下榻在县政府所在地高松市(人口三十万多一点)的一个酒店里,后半段谓之 home stay,在一个乡村小学的教师家里住了三天。

在高松市内印象较深的,是在栗林公园内第一次知晓了日本的庭园。栗林公园这一名称有些名不副实,第一,它如今已没有栗树林,第二,它不是一个现代意义的公园,而是一个纯粹的传统的日本庭园,初建于 16 世纪末期,后由高松藩主松平赖重接手,几乎花了一个世纪加以营造,终于在 1745 年最后完成,名"栗林庄",包含紫云山,占地七十五公顷,若要细细观览,至少半天。在 2012 年出版的美国《日本庭园杂志》(*The Journal of Japanese Gardening*)的年度日本庭园排名中,栗林公园位居第三。日本人很看重美国人说的话,栗林公园由此越加身价不凡。不过这真的是一个非常美丽的泉林回游式庭园,四周均有池水,分别称为南湖、北湖、西湖等,色彩斑斓的、硕大的锦鲤在快活地游泳。时时可以邂逅中国文化的影迹,有叠石曰小普陀,有假山曰飞来峰,有木制的拱桥曰偃月桥,有临水的楼阁曰掬水亭。我去的时候,季节已在初冬,红叶大都已凋落,宽阔的草坪已经泛黄,但紫云山上林深树密,依然是一片郁郁苍苍的气象。中国庭院内的树木,一般任由其自然形态生长,日本的庭院却都是经过精心的修剪,团团簇簇,造型秀美,但也明显可见人工的痕迹。栗林公园内多两三百年的古松,亭亭如盖,苍翠挺拔。我尤其喜爱那些池水边的台榭,那次我们就在掬水亭内体验了日本的茶道。由栗林公园，我喜爱上了日本的庭园，后来又曾去看过江户时期日本三大名园中的冈山的"后乐园"和金泽的"兼六园"，旅居京都期间，也几乎走遍了所有的神社寺院以及旧日皇家园林的桂离宫和修学院离宫，而其最初的体验，便始于栗林公园。

在高松最后一日的晚会之后，一位姓西村的年约三十岁的小学教师开车把我带到了他的家里，纯然日本书院造格局的房屋，进门脱鞋，日式的起居室（日语称为"居间"，也称为"座敷"，后者完全是传统的样式）和卧房均是榻榻米，纸糊的格子门和隔扇，只是盥洗室和浴室是西式的。另外，在玄关的右侧也有一间西式的"应接间"，置有沙发茶几等，与整个房屋的风格似乎有些不搭，不过由此我也知晓了在教科书上学过的"应接间"与"居间"的实际差异。这是我对日本传统房屋的第一次居住体验。翌日早晨七点多，西村就带我出门去他上班的学校了，我看到了屋前还停放了一辆小车，还有小型拖拉机和一些农具等，他说这些都是他当农民的父亲的。早上我才看清了周边的景物，基本都是修整得如画如图的农田，晚稻已经收割，朝阳下有些淡淡的烟霭，每家每户前都有汽车路通向外界，汽车在这里是必需品，我不觉好生羡慕，因为那时在中国，私家车绝对是奢侈品。西村任教的小学只是一所有两三百名学生的乡间小学，他带我去见了校长，一位年近六十的半老头，头发梳得整整齐齐甚至有些油亮，穿着西服，系着领带，彼此说了些客套话。我问西村教什么，他说语文、数学、音乐、体育他都教，他大学毕业后考取了教师资格，然后再逐一考取了上述科目的资格，只要获得资格，任何一门课都可以教。我也到课堂上对学生们说了一通话，大家都很惊讶：这里还是第一次来中国人。不一会上体育课了，走上操场的学生们都是清一色的汗衫短裤，而时节已是十一月底，我刚才坐的会客室内还生着煤油暖炉，眼前的景象在中国又是难以想象的。学校内还有一座体育馆，用于雨天上课，也可打篮球、排球，在当时的我看来，设施都相当先进。西村后来又带我去了他未婚妻的家，也在乡村，房屋像是造好不久，敞亮整洁，他们为了招待我准备了各种上好的刺身，可那时我还不敢吃生的食物，让他们全家大失所望。

九年以后，我在香川县西面的爱媛县松山市居住了三个月。松山市是四国境内最大的城市，位于四国的西北端，西北面临海，市中心巍然耸立起一座高山，曰"胜山"，海拔一百三十二米，人口五十余万，有机场铁路港口与各地连接，有三越等两家大百货公司，交通便捷，气候宜人,是我在日本最喜欢的城市之一。前两次我到爱媛大学,临时下榻在大学的招待所,一座精致的两层楼房,平素就一名管理员,一个五十多岁的妇女,兼任房间的打扫和早饭的烹制。2000年的秋冬天,校方为我在胜山南侧和平通(大街)上的一幢公寓的八楼租借了一套小居室,说实话,街上行驶的汽车有些吵(虽然并无鸣笛声,但有时会有年轻人飚摩托车)。但我仍很喜欢这一住所,隔街对面就是郁郁葱葱的胜山,身在闹市,却让我生发出了几分隐居山林的幻象。沿街种植了高大的银杏树,十一月初,杏黄色的树叶在阳光的映照下有些灿烂的景象。

松山市内,最可一观的也许是胜山顶上的松山城。日本人筑城的历史并不悠久,而且格局与中国的城大相径庭,主要用作将军或各地藩主的居所,有点类似欧洲的城堡,但风格迥异。基本平定了天下的织田信长1576年在现今滋贺县琵琶湖东岸的安土动工兴建的安土城(今已不存)是日本建城的嚆矢。16世纪末至17世纪,各地藩主纷纷在自己的领地内建造城,中间是主建筑的天守阁,底部由大块山石垒筑,巍然耸立,有的在屋宇外还有庭院,天守阁等建筑周边有高高的墙垣,这部分称为"本丸",藩主或将军大抵居住在此,"本丸"外面的一圈城郭,称为"二之丸",有城门和箭楼(日语称为"橹"),有的在外面还有一圈城郭,称为"三之丸",格局相仿,其目的是为了防止外敌入侵,城内一般仅有藩主的家人和侍从等居住,并无一般居民。但17世纪以后,随着各地城的崛起,也形成了以城为中心的所谓"城下町",这是日本近世市镇的起源之一。松山城被称为日本三大平山城之一,开工于1602年,差不多三十年后才最后完工,1784年因被雷电击中,天守阁等主建筑被烧毁,1854年重新修复,后因战火和人为的纵火,松山城近一半的建筑遭到毁坏,1960年代以后陆续得到了修复或重建,天守阁被列为国家重要文化财,整个松山城被定为国定史迹,在日本的一百名城中位列第八十一名。我第一次去是由爱媛大学教授的导引,那是一个清朗的秋日,坐缆车上去,上下五百日元,进入城垣内观赏天守阁等,也要门票,每人五百日元。中国的城,其城墙后来多用砖块垒砌,而日本城的墙垣,一直使用巨大的石块,显得相当的厚重。城门也颇为宏大,用粗壮的木材做栋梁。松山城因为建在山巅,四周没有护城河。这里的天守阁是日本为数不多的近代以前所建的原物之一,地面三层,地下一层,高二十余米,登上最高层,连胜山在内海拔一百六十一米,可俯瞰松山市全景,稍远处的濑户内海在阳光下闪着粼粼波光。后来我居住三个月时,时常从临近和平通的石阶登上山巅,每次费时大约半小时,这条路少有行人,在可及的视野中常常是我孑然一人,幸好从未遇见劫匪。

在日本,说起松山,最为人所称道的便是"道后温泉"。道后温泉是日本古代三大温泉之一,720年成书的《日本书纪》中对此已有记载,据云当年圣德太子也曾来此沐浴,夏目漱石的长篇小说《哥儿》中也有描写。地点在今天松山市的东北端,是一组颇有规模的传统旧式建筑,顶端有一振鹭阁,为周边新建的观光旅馆所簇拥。我曾无数次在道后温泉前经过,可是说来奇怪,竟然一次都未入内。主要的原因是,这里没有"露天风吕"。此前我已去过几家没有"露天风吕"的温泉,觉得一点也不好玩,就好像我儿时常去的旧式澡堂。日本温泉的有趣,就在于露天,迄今有过两次愉快的经历。一次是在爱知县的汤谷温泉,濒临溪谷,一个秋雨淅沥的上午,洗净身体后,赤条条(在中国要穿泳衣)地走进"露天风吕"内,一侧是遮挡的竹篱,并不高,四周是翁郁的山林,在雨中显得格外的苍翠,赤身裸体地仰躺在"风吕"中,有一种自身与大自然融为一体的感觉,极为惬意。还有一次是在鹿儿岛的城山酒店。酒店建在一座山岗上,可俯瞰全市的景色,其"露天风吕"前无任何遮挡物,时值晚上,正是夜景璀璨时分,泡热了身体,赤条条地坐在石阶上眺望鹿儿岛灯火灿烂的夜景,自己也觉得有一种异样的快感。

在道后温泉的南面,辟建了一个颇为广大的道后公园,(正冈)子规纪念博物馆就坐落在公园的北端。出于对日本近代文学的兴趣,我曾入内两次细细观览。正冈子规在日本大概也是一个家喻户晓的人物,1867年出生于松山,幼年时曾跟随外祖父研读《汉书》,少年时代喜爱汉诗、通俗小说和书画,后去东京求学,先入帝国大学哲学科,不久转入国文科,在预科时与夏目漱石是同窗,友情颇笃,1895年夏目漱石到松山中学来教英文时,彼此过从甚密,留下不少佳话。在近代日本文学史上,子规是倡导和歌革新的第一人,年轻时即发表《獭祭书屋俳话》,对旧派的俳谐作法多有批判,后主张俳句、短歌要注重"写生",即以现实生活为题材,组成"根岸短歌会",培育了高浜虚子、河东碧梧桐等一批后来卓有成就的歌人。甲午战争爆发后,几乎所有的日本人都沉浸在所谓"爱国"的狂潮中,子规也在1895年初作为随军记者渡海到了辽东半岛,不久咯血返回日本,数年后去世,留下了俳句集《寒山落木》、短歌集《竹乃里歌》、随笔集《病床六尺》和日记《仰卧漫录》等。纪念博物馆非常详尽地展示了子规的一生以及他当年的遗物,并复原了他当年写歌绘画的居所"愚陀佛庵"。说实在的,他的俳句或短歌,我也不大能领会,倒是他的绘画,我甚喜欢,有文人画的韵味,寥寥数笔,人物花卉就跃然纸上,我买了几张他书画作品的明信片,一直留存至今。在松山,子规算是第一等的名人,JR车站前,有他俳句的石碑;有轨电车"道后温泉"站旁,有他的坐像;在近年来拍摄的历史长河剧《坂上的云》中,子规也曾屡屡出现。

在松山不得不记的,还有带鱼的鲜美。濑户内海的这一片,盛产带鱼,我从电视中看到,这里的带鱼是一尾一尾钓上来的,不用效率更佳的网捕,因网捕会造成带鱼在网中的剧烈挣扎而彼此损伤鱼鳞,因而这边超市上出售的带鱼银光闪亮,已经洗净切段,我买回来后不忍除去鱼鳞,就放一点葱姜和少许盐,洒上料酒清蒸,其肉质洁白鲜嫩,肥美无比,蘸上一点醋,再佐以美酒,竟有点飘飘欲仙的感觉了。

2016 年 4 月 23 日

原爆纪念馆天际的一抹斜阳

当我们在准备纪念抗战胜利七十周年的时候，日本人，尤其是广岛人的历史记忆则回到了七十年前的8月6日世界上第一颗原子弹爆炸的那惨痛的一瞬间。

1991年我随教育部的一个访问团第一次踏上了日本的土地。12月初的一个寒冷的下午，邀请我们的日本国际协力机构（JICA）安排我们去参观了广岛的和平纪念公园和纪念资料馆。由于时间的匆忙，加之凛冽的寒风，我们只是匆匆看了一下原子弹爆炸后幸存的圆顶建筑的遗迹，然后步履匆匆地走过有些萧瑟的纪念公园，进入屋内比较暖和的纪念资料馆。

1954年4月，从战争的废墟中走出来不久的广岛人，为使世人和后人不要忘却当年的这一惨剧，在广岛市最中心的区域,夹在本川和元安川两条河流中的呈南北狭长形的岛屿北端,建成了占地面积十二万多平方米的和平纪念公园。公园中最中心的建筑,便是这座纪念资料馆,建成于 1955 年。在我们去参观前不久,本馆建筑刚刚完成了大规模的改修,外观像一个被托举起来的巨大的口琴。设计者是日本 20 世纪最伟大的建筑设计师之一丹下健三。他设计的纪念资料馆,底层是悬空的,中间用许多呈横截面状的柱子将建筑物托起,夕阳映照时,会呈现出一排长长的斜影,令人浮现起很多联想。也是由丹下设计的纪念公园内的慰灵碑,犹如一个弧形的城门,正中间对着幸存的圆顶建筑,也就是说,公园内的中轴线是始于圆顶建筑。整个的资料纪念馆,在当时的我看来,建筑结构、楼内设施、灯光装置等都显得很先进。我们是团体进入,没有购票的感觉,后来知道,成人的门票五十日元(约等于两点五元人民币),儿童三十日元,这在日本几乎可以忽略不计,今天我在京都乘坐一趟公共汽车,就要二百三十日元。

资料馆内陈列的内容,颇令人震撼,由动感的影像、图片、漫画、视听介绍、当年受害者的泣诉等组成,内容则包括了烈火的受害者、冲击波的受害者、放射线的受害者等等,具有很强的声像冲击力,令人宛如置身于当年的场景之中,当你感受到众多民众在原子弹的突袭下或身首分离、或遍体烧伤、或痛苦呻吟的惨状时,不觉眼中噙满了泪水,二十万左右生灵遭受涂炭,确实令人心头难以平静。

但是我渐渐地平静了下来。走出资料馆时,我的心情虽然依旧沉重,但头脑中却是浮想联翩。几年后,我曾两次参观了南京大屠杀纪念馆,虽然当时的声像效果远远不如广岛的纪念资料馆,但我的感觉却很不一样。作为人类,南京大屠杀的死难者和广岛原子弹爆炸的死难者都同样令我感到痛惜和悲恸,但我却清楚地明白,前者是纯粹的侵略者铁蹄下的受害者,后者则是进行了积极的加害行为后的受害者。这一点,广岛的纪念馆内,没有丝毫的说明,也感受不到其丝毫的忏悔。

对于广岛这座城市,我也充满了复杂的情感。作为世界上第一个遭受原子弹爆炸的城市,我对它的不幸感到深深的同情,更为那些因原子弹爆炸而失去生命或惨遭痛苦煎熬的众多平民而扼腕痛惜,我后来曾经读过经历了原爆体验的诗人和评论家堀场清子写的《我的夏天——1945年·广岛》,文章对当年的惨象有着极具感染力的生动描述,读来催人泪下。但我也深知广岛这座城市在日本近代历程中的作用。日本历史上的第一个战时大本营就设在广岛,那是1894年的7月,而它作战的对象就是中国。从广岛或者从广岛县吴市这一军港出发的日本海军,在当年12月登陆旅顺口后,对当地无辜的平民进行了灭绝性的大肆杀戮。如今,绝大多数的日本国民并不知晓旅顺大屠杀这段历史,而旅顺的市民,则建立了纪念馆来铭记一百多年前的这段惨痛记忆。日本若不发动大规模的对外侵略战争,或者1945年时的日本当局,如能早日认清形势,及时接受波茨坦公告,那么也就不会有原子弹爆炸的发生,广岛以及长崎的市民,就不必成为战争的牺牲品,今天纪念馆中再现的一幕幕惨象,就只是虚幻的情景了。日本人难道不应该为此深刻反省么?

  2010年的8月5日,我带着家人从神户去广岛旅行。到达和平纪念公园时,已接近黄昏时分。矗立在元安川河边的爆炸前曾是广岛县物产陈列馆的圆顶建筑的残垣,在金黄色的夕阳中似乎在向人们诉说着以往的历史,和平公园内正在搭建白色的大帐篷,摆设座椅,准备着翌日的纪念活动。工作人员和参观者、游客交杂在一起,川流不息的人群,消减了平日的肃穆和凝重,西边天际的一抹斜阳,也渐渐褪去了灿烂的光亮。历史,在真实和虚构中若隐若现。

2015年7月10日初稿,2016年4月27日稍作增补

足利的"学校"和江户的"昌平黉"

1992年5月初一个春雨淅沥的周末,我从早稻田大学出发,换了几次车,应邀到东京北部群马县太田市的一位日本友人家里去做客。在他们家留宿一晚后,主人知我略晓诗书,翌日早上开车带我去紧邻群马县的栃木县足利市的足利学校参观。在湿润的春雨中汽车行驶了将近一小时,便进入了足利市的境内。

足利的学校,原本的名称只是"学校"两字,关于它创建的历史,一直是众说纷纭。最早有将其追溯到奈良时代的8世纪,但似乎缺乏强有力的证据,比较可以确定的,是1432年当时足利的领主上杉宪实决定重新振兴(或者说创建)"学校",请来了镰仓圆觉寺的高僧快元来担当学校的"能化",后来改称"庠主",也就是现代语中的校长。教员多为僧人,倒不是为了请他们来教授佛教的经典,而是在当时,最有学问的是僧人。圆觉寺为镰仓时代末期仿造中国南宋的五山制度设立的镰仓五山之一,上杉振兴学校时,正是以汉诗汉文为中心的五山文学盛极一时的年代,上杉请他们来,主要是请他们来教授中国的古典。快元除了禅宗的经典外,对于易学尤有研究,造诣颇深,因此一开始除了儒家的经典外,易学也一直是核心科目。

这里顺便叙谈一下儒学在日本的流播情形。据成书于720年的《日本书纪》的记载,5世纪初,有一个名曰王仁的百济五经博士自朝鲜半岛来到日本,携来了《论语》十部和《千字文》一部(《千字文》是5世纪下半叶至6世纪前期的梁朝人周兴嗣编写的,如果王仁确有《千字文》携来,实际的年代应在6世纪),这是儒家经典传入日本的最早记录。7世纪初,由于摄政的圣德太子的身体力行,儒家思想在统治阶层广泛传播,并在其政治实践上发挥了巨大的影响。630年,日本开始向中国派遣遣唐使,文化上全面学习中国,不过并未采用中国的科举制度。为了培养有学问的官僚,在675年设立了类似中国国子监的"大学寮",用来培养中央政府的官僚,而在地方上则设"国学",以此来培育地方官吏,无论在大学寮还是国学,儒家经典都是主要的教科书。不过到了平安时代的中期(约11世纪)以后,因各种缘由,儒家的影响力出现了衰退,一直到17世纪的江户时代才再次获得了勃兴。

有意思的是,上杉建立"学校"的时候,正是儒学相对的衰退期,不过由此也可看出7世纪以来的命脉一直未曾中断。上杉给"学校"规定的教科书是三注(后晋李翰所注的《蒙求》、后梁李暹所注的《千字文》等)、四书、六经(五经之外加上《孝经》)、《列子》、《庄子》、《史记》、《文选》。后来又增加了医学和兵学等具有实用性的科目。求学者无须支付学费,但要自己解决住宿。据说最盛期的16世纪后期有学生三千人,毕业者不少成了日本战国时代各路将军的幕僚。江户时代的前半期,"学校"作为一所乡学,还曾得到幕府的庇护,但到了后期,随着"昌平黉"等官学的兴起,"学校"被指责在和平时期教授兵学不合时宜,渐渐趋向衰败。

我们三人下了车,撑着伞向"学校"走去。我们从初建于1668年的"入德门"(现物复建于1963年)进入,门前立有一根石柱,上镌有"足利学校迹",进入门后的大道两边是森森的松柏,都有上百年的历史,树下是几张木椅,可供游人休憩。再往前走,可见一座上有屋檐的木门,宋代风格,同样初建于1668年(现复建于1972年),上有匾额书写着"学校"两字,门前有一座孔子立像。我对"学校"两字产生了兴趣。据我所知,近代以前的中国典籍中似乎并无"学校"的词语,查1988年出版的《辞海·语词分册》,竟然没有"学校"的词条。《孟子·滕文公上》中说:"设为庠、序、学、校以教之。庠者养也,校者教也,序者射也,夏曰校,殷曰庠,周曰序。学者三代共之,皆所以明人伦也。"《礼记·学记》中说:"古之教者,家有塾,党有庠,术有序,国有学。"由此看来,在中国古代,学和校虽然有意义相通之处,但似乎未见合在一起使用的先例。那么是否是日本人首先使用了"学校"一词?而我得到的知识是,这里的"学校"两字的书写者,乃是明代的中国人蒋龙溪。日本普遍使用"学校"一词,应该是在近代以后。明治以后建立起来的各类教育机构,一般均称为"学校",著名的便是明治政府曾在1886年发布过教育法规"学校令"。中国普遍使用"学校"一词,是在1905年废除科举之后,早年的民间教育机构多称"书院",后来称"学堂",著名的如北京大学最初的名称是"京师大学堂",清华大学最初称"清华学堂",圣约翰大学原称圣约翰书院,即是典型的例子。

"学校"门的右侧,遗迹图书馆的前面,有一棵高大的树木,长着小叶披针形的偶数羽状复叶,颇为独特,名曰"楷树",又称黄连木,据说是1922年将曲阜孔子墓前采集的楷树种子栽植的,如今已生长为一棵蓊然的苍天大树。1922年,是一个日本差不多把中国踩在脚下的年代,但他们对于孔子依然顶礼膜拜如旧。

沿一中轴线前行,是"杏坛门",其风格与"学校"门相近。再往前,是规模颇为雄伟的"大成殿",又称"圣庙"或"孔子庙"。其建筑主体是1668年时的原物,后经拆卸重建,为重檐歇山顶建构,据说也是仿造明代曲阜的大成殿样式。内有孔子峨冠博带的坐像,犹如安坐于莲花座上的佛像,倒是很少见到的造型。胎内的铭文表明,此像雕刻制作于1535年。整个中轴线的东面,一南一北各有一个庭园,凿池蓄水,叠石筑桥,也颇有些情调。比较有趣的是南北两侧还各有一个菜园场,原本用来种植蔬菜,以供师生食用,现在依然种着一些萝卜和芋艿等,用于祭祀孔子的"释奠"上。此外还栽植了牡丹、芍药等花卉,我们去的时候,正是芍药争奇斗艳的时节。里面还有一幢硕大的建筑,茅草顶,曰"方丈",是当年担任庠主的僧人居住的地方。颇为可贵的是,"学校"的建筑在江户后期虽有部分的圮坏,当年所用的经典却有部分得到了留存,如今"学校"遗迹图书馆内珍藏的宋版《尚书正义》被定为日本的国宝,其他如宋版《礼记正义》、宋版《周易注疏》、宋刊本《文选》则被定为国家重要文化遗产。

足利的"学校"渐趋衰败的岁月,正是江户内"昌平黉"走向兴旺之时。江户前期的饱学之士林罗山,经其老师藤原惺窝的指点,在涉略了兵、医、法、史、佛诸多典籍后,开始专注于宋学或曰"朱子学",以朱熹的《论语集注》为主要教科书,1630年在上野忍冈开设私塾招收门徒,聚众讲学,建有书院和文库,其后人又建立了称之为"弘文馆"的学寮。幕府当局觉得朱子学有利于德川家族的统治,便将弘文馆升格为幕府的学问所,1690年第五代将军德川纲吉下令将此移往神田的汤岛,据说依照江户初年东渡日本的朱舜水画制的设计图建造了孔庙(大成殿)和学寮,他自己题写了"大成殿"的匾额,并将这一组建筑称为"圣堂"。《史记·孔子世家》中记载:"孔子生鲁昌平乡陬邑。"于是幕府当局就将这一机构的所在地命名为"昌平坂",将此称为"昌平坂学问所"。18世纪下半叶,幕府定朱子学为"正学",并在1797年将这一学问所定名为"昌平黉"(黉即学校之谓),禁止庶人入学,只培育幕臣和藩士的子弟,是当时日本最高的学问机构。另设诸生寮,陪臣、失去了主君的浪人也可入学,逐渐集聚了不少天下英才。明治以后改为昌平学校,1871年被废止,但实际上它的学脉成了1877年创建的东京大学的一部分,而在大成殿内,1872年曾举行过日本最早的博览会"汤岛圣堂博览会",并被定为国家史迹。后来国立博物馆、东京师范学校(今日筑波大学的前身之一)也集聚在此。1923年9月的关东大地震时,除了"入德门"和水屋之外,几乎所有的建筑都被烧毁,1935年,依照江户时代的原物重新建造了大成殿等,只是材料已经改成了钢筋水泥。

2003年5月的一个下午,我独自去踏访了一次。乘坐中央线电车到御茶之水站下来,向北走过"圣桥",在道路的右侧可见一片翁郁的树林,是御茶之水公园,走近后,发现在繁茂的树丛中掩映着中国式的屋甍,这便是汤岛圣堂。我抵达的时候已近黄昏时分,天色已有些暗淡,圣堂内几乎没有其他游人,有一种森严的气象。现在里面主要有两座建筑,一是斯文会馆,用来办公和举办活动,另一是大成殿,从历史风情稀薄的入德门进入,右侧也种着一棵楷树,由杏坛门入内,便是明代风格的宏阔的大成殿,在薄暮升起的黄昏中显得有些肃穆庄严,但一想到其建材是钢筋水泥,我总觉得有些滑稽。比起足利的"学校"来,东京的圣堂要显得逼仄得多,就历史氛围而言,也觉得远逊于"学校"。在大成殿的东侧,有一座高大的孔子立像,高4.57米,据说是当时世界上最大的孔子像,乃是1975年由台湾的"狮子俱乐部"赠送的,旁边有一块黑色的石碑,天色昏暗中,就未及细细阅读了。据说每到高考季节,就会有许多应考生到这里来膜拜,祈求考出好成绩,这里也会出售"合格祈愿"的铅笔,年轻的学子们觉得在这里叩拜之后,便能得到孔子的保佑,沾一点灵气和吉祥气。东亚民族大抵都是如此。

在日本,就在朱子学还相当兴盛的18世纪,出了一名影响很大的国学家(也可说是日本国学的创始人)本居宣长,竭力主张要排斥外来的佛学和儒学,进入近代以后,启蒙思想家福泽谕吉更是把儒家学说看作是阻碍文明开化的桎梏而加以猛烈抨击。不过明治时期儒家的经典依然还有相当的魅力,实业家的领袖涩泽荣一所撰写的《论语和算盘》,至今仍是日本企业家的精神指南,《论语》的注释、翻译或研究著作可谓汗牛充栋,近代以后的日本人虽然有些鄙视近代以后的中国人,但对于古代的中国人,尤其是荟萃了人间智慧的中国古典,绝大部分的日本人,依然还是怀着敬仰和膜拜的态度,花费心血将昔日的"学校"和圣堂修整如旧,定为国家史迹,就表明他们还是非常看重这一脉的文化传承。

2016年4月25日

乡居上田

1998年4月至翌年3月,我在长野大学任教一年,大学和居所都在上田市,具体的地名是长野县上田市下之乡,有"野"有"田"有"乡",是真正的乡村。我迄今的人生中唯一的一年乡居生活,竟然是在日本度过的,使我有机会较为充分地领略了日本内陆乡野的春夏秋冬,对日本的知识,也比肤浅稍稍进了一层。

长野县是日本为数不多的内陆县之一,古为信浓国,又称信州,境内多山,又不靠海,算不上是富庶的区域,偏北处多两三千米的高山,冬季长时积雪,经济起飞之后,这里建了不少滑雪场,我去的那年2月,这里举行了冬季奥运会,使得长野的地名稍稍传播到了海外。上田市位于长野县的中部稍偏北,我去的时候包含郊区仅有人口十二万左右(2006年又合并了几个町和村,现有人口十六万多),实在是一个鲜有特色的地方小城,幸好我去的上一年10月刚刚开通了新干线,从东京到那里仅需一个半小时,交通还算便捷。

我居住在上田市西南部的下之乡,距市区约七公里,附近有电车"别所线"的车站,不远处还有一个道口,电车只有两节车厢,行驶在市区和别所温泉之间。居所是一幢两层楼的房舍,上下各两套,可居住四户人家,很少有住满的时候,大学为我租借的是底楼西面的一套,两间榻榻米的正房朝南,外面是落地玻璃,里面是纸糊的格子移门,门前一条小路,路的南侧就是广袤的稻田,再远处,是逶迤的群山。北屋分别是厨房兼餐室和卫生间、浴室,从窗户望出去,是一户农家的屋舍、庭院和菜园。房屋的西面是房东的住家,再往西就是田畦和电车的铁路了,东面是65号县道,地势较高,汽车的行驶声,大都被土坡屏蔽了,日常除了半小时一趟的电车声之外,几乎不闻任何声响。

到了上田恰好是樱花季节,安井教授开车带我去了市区北侧的上田城迹公园。上田城由战国后期的武将真田昌幸初建于1585年,也有相当的规模,后来在第二次与德川家康的东军的大战中败北,上田城遭到毁灭性的破坏,后来屡有局部修复,始终未能恢复整体的旧观,但一百来年前此地广植樱花树,数量达千株以上。因地理位置偏北且海拔较高,这里的樱花季节比东京一带晚一周左右,我们 11 日去的时候,正达盛开的状态,放眼望去,几乎是一片浅粉的云霞,在一片云蒸霞蔚的花海之上,露出了四年前才修复的箭楼,连同硕大的石块垒起的城垣,局部地再现了四百多年前的风貌,旧日的城壕也早已疏浚,水面上散落着些许落英。这大概是我在日本看到的最为壮观的樱花盛景,京都鸭川两边的樱花,自然别有风情,但如此盛大、如此集中,就我个人的体验而言,好像无过于此。

除了城迹公园,上田市北边的柳町,是昔日江户通往新潟佐渡的北国街道的一段,现在大抵再现了往日的旧貌,一侧种植了几株杨柳,随风婀娜飘拂,也让人得到了某种怀旧的满足。除此之外,上田市本身可以让人流连忘返的所在,好像真的不多。

我平素的生活足迹,也就在居所与大学之间的两点一线。大学在居所的东面,越过县道,地势向上,约七百米左右,便是学校。长野大学并非战后在每个都道府县内设立的国立大学(长野县的国立大学是信州大学),我去的时候,是一所仅有一个学部(现已有三个学部)的小大学,校舍的规模如同一所高中,每周的课时也不算很多,我自己有一个不小的研究室,大部分的时间都在阅读和翻译为上海创造了"魔都"意象的村松梢风。习惯了都会熙熙攘攘生活的我,很愿意离开孑然一人的研究室走到图书馆去,那是一个两年前才建成的状如船形的建筑,其空间和藏书虽然不能与早稻田大学相媲美,但其环境的优美整洁、使用的便捷舒适,今天的复旦大学图书馆依然无法望其项背。置身于群体的阅读环境中,才可以消除我在异乡的孤独感。我记得在这里大致读完了《竹内好全集》(竹内好恰好是长野县人)和《拉夫卡迪奥·赫恩(小泉八云)全集》,那时读书还很老派(我现在也没有进步多少),做了不少笔记。不过一到下班时分,校园内便归于岑寂,极少见到人影。

说起异乡的孤独感,是我到了下之乡之后才深刻体味到的。以前在早大也待了一年,不过那是在大都会的东京,且有许多朋友,大半年的时间妻子也一直陪伴在侧。如今在此地,真的是乡居。那时网络还不很发达,我几乎连电脑也不会用(一直是非常的菜鸟),日本人刚刚开始使用手机。除了写信和偶尔的电话,我几乎与外界隔绝。四周是纯然的乡村(只是日本的乡村是相当的干净和整洁),夜幕降临后,灯光就变得非常稀落。暮春的一个傍晚,我独自做了晚饭坐在餐桌边,望着渐渐沉落西山的夕阳,不觉间热泪充盈了眼眶。以前读马致远的"枯藤老树昏鸦,小桥流水人家,古道西风瘦马。夕阳西下,断肠人在天涯",完全没有感觉,此时才深深地觉得古人并不是在无病呻吟,故作姿态。以前在喧嚣的大都市时,我一直不喜欢滚滚的红尘,不喜欢熙攘的喧腾,常常一个人在车水马龙中作出世之想,幻想有一个可以躬耕的田园,或者诸如王维的辋川别墅,可以体悟到"明月松间照,清泉石上流"的意境,也很羡慕法国的卢梭,在乡野的隐居生活中写出了经典的《孤独漫步者的遐想》,或是美国的梭罗,隐居在湖畔多年写出了传世的《瓦尔登湖》。然而此时我才清楚地感觉到,自己其实是一个彻彻底底的凡夫俗子,此前对乡居生活的渴望,完全只是"叶公好龙"而已。

说起来,就像日本大多数区域一样,上田其实是一个很有魅力的地方。4月下旬,正是新绿最灿烂的季节。周末我会或徒步,或骑着自行车在周围漫游。不远处的果园里,苹果树绽开了白里透红的小花,虽无艳丽的颜色和袭人的馥郁芬芳,但幽幽淡淡,清清香香,一样的楚楚可怜,且完全没有蜂拥而至的游客,你可以随意徜徉,尽情欣赏。不经意间,抬起头来望向远方,对面连绵的山峦,已经萌生了一层明亮的新绿,稍稍有些深浅的不同,或嫩绿,或葱绿,或翠绿,在春日的阳光下,透发出盎然的生机,越过田野,氤氲流荡在大气中,一幅乡野的立体全景画展现在了我的眼前,我不由得发出一声欢呼,这是我此前的人生中从来没有目睹过的。

夏天到了,水田的秧苗已经茁壮长成青青的一片。晚饭后,我骑着自行车,来到居所南面的"生岛足岛神社","生岛"和"足岛"是两位分别孕育生命和带来丰收的大神,当地人建此神社,表现了对于天地的敬畏和膜拜。最初的建筑大概可追溯至室町时代的 16 世纪,明治二十三年(1890)的时候,被列为"国币中社"(由国库拨付经费资助的大、中、小三档神社中位列中等,这一制度在战后的 1946 年被废除),现存的社殿等建于 1940 年,在日本算是一个不上不下的神社。这一神社的与众不同之处,在于有一个"神池",也就是池塘,生岛神社的本殿建在池水中的一个小岛上,池塘内放养了二十来尾体形硕大的锦鲤,在闲闲地游泳,还有几只野鸭凫游在水面上。我一般骑着车沿 65 号县道从路边的"东鸟居"(神社的类似于牌坊的入口)进入,平素无人看管(西边有一个社务所,白昼大概有人),自然无需门票。把车靠在一边,在神社内信步闲走,傍晚时分,几乎杳无人迹,我虽说喜好安静,但如此的静寂,也不免有些萧然的感觉,听着自己在沙砾地上踩出的脚步声,越发显出周遭的寂寥和空阔,多少有些"紫薇朱槿花残,斜阳却照阑干"的怅然,不知为何,胸口竟然有些壅塞的伤感,于是,一个人骑着车茫然地踏上归程。

有时候也漫无目的地骑行在居所南面的田野间,这里没有中国常见的田埂,田地之间,是一条条并不宽广的汽车道,我希望遇见在此散步的居民,哪怕是在中国觉得很讨厌的农用拖拉机也好,至少我可以遇见些人影。但除了偶尔驶过的汽车外,就只有空阔的田野、稀疏的农舍和重重叠叠的山峦。我只觉得暮色在悠悠荡荡地升起,远远近近,都笼罩在一片静寂之中。于是,我又孤独地骑着车怅然回到了居所。

上田市境内,流淌着一条千曲川,由南而北,最后注入新潟一带的日本海。这是一条风情万种的山间溪流,虽然在日本算是一条大河,有时河面也颇为宽广,但是因为水流的湍急,船只无法航行,不过河水却是相当的清冽,明治后期的作家岛崎藤村曾有一本散文集《千曲川素描》,如今已成了日本近代文学的经典。我坐别所线去市内,总要从大铁桥上跨过千曲川,有时恰是黄昏,透迤远去的长河,映照着夏日灿烂的晚霞,甚至在电车内,也可听到激越的淙淙水流声。白昼时分,则常常可见站在水流的浅滩处捕钓香鱼(日语称为"鲇鱼")的好手,香鱼生活在溪流间,长不过二三十公分,夏季最为肥美,只需插上竹签抹上一点盐放在火上烧烤,即是食案上的佐酒佳馔。

秋天的乡野,正是丰收的季节。我骑着自行车去三公里外的一家名曰MAXVALUW的大型超市购买食品。骑车的好像就我一人,日本的乡村公路,并无非机动车道,自然也没有人行道,窄窄的然而是修整得非常平坦的道路上,车辆行驶如梭,我骑得有点战战兢兢。路边的稻田已变成了一片金黄色,在秋日的阳光下焕发出最为诱人的色彩。说是金黄色,却并无黄金的金属性的耀眼光辉,它只是一片黄灿灿,仿佛油菜花,只是比油菜花更为密集均匀,稻茎较油菜花秆细小柔弱,惠风拂来,会随风摇曳,远远望去,犹如波浪起伏,且送来了淡淡的稻花香。我不敢一边骑车一边"望野眼",索性下了车驻足观赏。

到了秋意浓郁的时候,果园里的苹果树,也已经是果实累累,日本的苹果,虽然以青森的富士为最佳,长野的苹果,品质也相当的优秀,脆甜多汁。我至今还记得自己坐别所线经过苹果园时的痴醉神情。

对于爱好滑雪运动的人来说,长野的冬季自有它迷人的一面。可是天天对着难以融化的雪景,审美的神经也逐渐麻痹了。我最觉孤寂的日子,应该是日本元旦前的一周。大学彻底放假,连门卫也没有。我依然还保持着每天去研究室的习惯,不然连续数日独居在寓所,大概会憋坏的。早上出门,走上坡道去学校,没有见到一个人。整个校园,没有见到一个人。在研究室内,我听见过安全查巡员的脚步声,但一次也没见到他们的身影。冬天的傍晚,天色已黑,我独自走下坡道回居所,除了路上驶过的汽车,我没有见到一个人。没有人来问候我,我也没有去联系任何人。瞬时间,我仿佛觉得自己已被人世间所遗忘、所忘却、所离弃。无边无涯的孤独、孤寂、落寞和寂寥,如同一张巨大的网,将我彻底地罩住。这一次的体验是刻骨铭心的。幸好新历除夕那天,我接到了两个邀请电话,一个是日本友人花井请我去他家过年,一个是中国友人的问候,我欣然接受了中国友人的邀请。下午他们开车来接我一起去购买食物,东北人包饺子,我做江南菜,夜半酒酣耳热时,一起去生岛足岛神社"初诣"(新年的首次参拜)。哇,竟然有那么多的人!神社内灯火璀璨,一边摆了一排小吃摊,炒面、烤年糕热气腾腾,没有人烧香,没有人大声呼叫,人们井然有序地排着长队走到拜殿前在赛钱箱内撒上几个硬币,双手合十祈祷新年的多福。我都不知道这么多的人平时都去了哪儿,也不知道从哪儿一下子涌出来这么多的人。

现在想来,上田一年的乡居中时时会有伤感情绪的袭扰,多半是定力不够、心境不宁滋生出来的矫情。在日本这样一个文明程度较高的国度里,气候又适宜,山水又秀美,乡居的愉悦绝对大于孤寂,尤其是现在有了发达的网络和社交媒体,如果你还会开车的话,乡居真的具有足够的魅力。

2016 年 3 月 28 日

美术长野

如果没有在上田乡居一年,我还真不知道人口二百二十万不到的长野县竟然有六十九家美术馆,而整个长野县,还没有一座人口超过四十万的城市!

我对西洋美术的兴趣,大概萌发于"文革"末年,那时已偷偷读了不少西洋小说,对于西洋的文学、音乐和美术都产生了懵懵懂懂的向往,大学时代才有机会阅读了大量在"文革"期间不曾寓目的西洋美术史和美术作品集,1980年前后北京的中国美术馆是我经常眷顾的所在。1992年在东京访学一年时,去看了上野公园内的国立西洋美术馆和东京国立博物馆,以后还看过东京庭园美术馆和江户东京博物馆等。在上田乡居一年,相对闲暇较多,幸亏得了许多日本友人的帮助,他们开车带我看了不少形形色色的美术馆,主要集中在长野县的中部和偏北的地区。

日本的美术馆历史可以追溯到近代初期的1872年由文部省博物馆在东京汤岛的圣堂(即孔庙)内举办的工艺美术品展示会,在1877年举行的内国劝业博览会上设立了美术馆,这一设施在博览会结束后就成了帝室博物馆(后来演变为东京国立博物馆)。1930年由实业家在仓敷开设的大原美术馆是日本第一家西洋美术馆。1885年设立的东京美术学校是日本第一所近代美术教育机构(后来的弘一法师李叔同是毕业于该校的第一位中国人),首任校长冈仓天心后来曾出任美国波士顿博物馆东亚部主任,用英文撰写的《茶书》是他的名作。不过总体而言,战前日本美术馆的数量相当有限,美术品的展示和评奖,基本上都是艺术圈内的事。各类美术馆的蓬勃兴起,大抵是在1960年代日本经济起飞之后,如今,全日本有国立和公立的美术馆或博物馆二百五十家左右,私立美术馆近二百家,其中最多的是长野县。顺便说及,中国最早的博物馆是由实业家张謇于1905年创办的南通博物苑(美术馆的诞生则要晚得多),五四新文化运动前后,开始有美术学校问世。如今中国人均GDP已跻身于世界中等国家行列,富裕人口的数量也许已在日本总人口之上,但人口五十万以下的城市,至今仍然鲜见美术馆的身影。

长野县信浓美术馆位于长野市城山公园的东部,毗邻著名的善光寺,初建于 1966 年,此后接受了东山魁夷的七百余幅作品后,于 1990 年增设东山魁夷馆。我久闻东山的大名,以前曾在早稻田的旧书店内购得一本他的散文集《与风景的对话》,每每为他娴雅的意境和隽永的文字所折服。1999 年 3 月中旬一个阴云散开、晴空展现的下午,在看了善光寺后步行至信浓美术馆,主要是想一览东山魁夷的画作。东山魁夷被称为日本画家。就如在中国近代以前并无中国画的称谓一样,近代之前的日本也无日本画一说,只是在西洋画进入东亚之后,才在自己本民族的艺术前冠以国名,以凸显本民族的特色。不过在日本,日本画并不是指传统的日本绘画(一般称之为"大和绘"),而是指充分汲取了日本传统艺术的养分,又摄入了若干西洋美术元素而在近代以后形成的新的艺术形式。东山早年毕业于东京美术学校,1933—1935 年在德国柏林大学留学,东西方的艺术基因酿成了他的基本画风。其作品大都为巨制宏构,"欧洲风景""东北·信州之旅""中国风景""京洛四季"系列是为他赢得世界声誉的代表作,他的作品,冷色调是主旋律,诸如《两个月亮》,稍稍有些云翳的圆月在水平如镜的湖面上投下了宁静的倒影,连同湖畔茂密的树林一起构成了空阔的画面,蕴含了一种"宁静致远"的哲学;《绿色的回声》营造了同样的意境,地上重重叠叠的杉树林在水面上的倒影,将浓密的绿色晕染了一倍,一匹白马的轻盈奔驰愈发显出了自然的静谧。不过也有例外,在《行逝的秋天》中,几乎全是明亮的暖色调,纷纷飘落的枫叶,不是通常所见的橘红或艳红色,而被处理成了明黄色或金黄色,与一段粗壮的褐色的树干一起,向观者传递了秋的讯息。我去观览的那年,东山恰好九十岁,翌年便仙逝了。美术馆的门票是成人九百日元,中小学生二百二十日元。

1998年9月末的一天,在上田结识的日本友人行田等开车带我去人口不到六万的长野县诹访市,它位于上田市的西南面。对一般人而言,那里最出名的是被列为官币大社(日本神社中的最高级别)的诹访大社和湖面有十三平方公里的诹访湖。那两个地方自然都去了,诹访湖不算很秀美,湖底的积泥厚达数百米,湖水却只有三四米深,透明度不够,湖里倒是盛产鲫鱼和鲤鱼,冬天结冰,可在湖上滑冰。我们去的那天虽是阴天,某一端有时却显得很亮。湖畔有一个间歇泉,还是温泉,半小时喷发一次,突然往上蹿出十几米高的水柱,据说冬季会有明显的热气,相当壮观,也是第一次领略。小小的诹访市内,沿着湖边,倒是有几家相当不错的美术馆。

一家名曰诹访北泽美术馆,位于诹访湖的东侧的湖岸大道上,紧邻间歇泉,可眺望浩渺的湖景,建筑的外观有点像教堂,也如同一座屋顶尖耸的仓库或山庄。里面的展品,一类是体现了19世纪末20世纪初欧洲"新艺术"风格的玻璃制品,半透明,犹如琉璃,多用植物花卉的图案,色彩旖旎多变,造型富有流动性和婀娜感,使我对"新艺术"有了直接的体验,可供人细细品鉴;另一类展品是日本近现代画家的作品,不乏诸如东山魁夷、杉山宁、山口华扬等日本画坛巨匠的作品,也收藏了近来崛起的新锐画家的佳作,展厅中间置放了平展的软椅,观者若走累了,可坐在上面细细观览。二楼有一家半露天的吃茶店(即咖啡茶座),诹访湖的景色一览无余,若有闲暇,风和日丽的周末在此闲坐小饮,一定也极为惬意。十八年前我去的时候成人门票是八百日元,现在涨到了一千日元,不过中学生半价,小学生免票,往往有父母带着上学的孩子在此盘桓半日,我想,这大概比上补习课有趣也有益得多了。美术馆的经营者是公益财团法人,自然毫无盈利的目的。

另一家是原田泰治美术馆,也在诹访湖畔,专门收藏、陈列和展示诹访出身的画家原田泰治的画作。原田幼时患过小儿麻痹症,行走都有些困难,但自幼酷爱美术或一切美好的事物,毕业于武藏野美术大学,行迹北至北海道最北端的稚内,南达冲绳的竹富岛,用自己的心灵、目光和画笔记录了列岛的天空、山水、流动的风和蜿蜒的道路,画面宛如童话,画风也仿佛童画,有一点点稚气,连着满满的温馨和暖暖的爱意,让人觉得喜悦和欢快。

那天还去看了诹访湖八音(盒)琴博物馆"奏鸣馆",一座童话般的西洋风楼房,一楼陈列了欧洲19世纪直至今日的各种八音琴,或如小型的古典钢琴,或如座钟,或如唱机,更多的是各色玩偶状,讲述了八音琴的由来和历史演变,让人很长知识。二楼每半小时有一次八音琴的讲解和演奏,从简单的机械装置中流淌出来的美妙琴声回荡在空旷的大厅内,真的好像是走进了一个童话世界。日本许多城市都有这样的八音琴展示馆,我在轻井泽和长崎都曾有过愉快的体验,我女儿尤其对此痴迷不已。

小小的诹访市内,另外还有规模不小的市立美术馆和博物馆,时间有限,就未能去了。

最邻近上田市的一座城市是小诸,人口仅四万多,那儿除了颇为有名的(岛崎)藤村纪念馆和怀古园外,还有一家小山敬三美术馆。小山出生于小诸,年轻时曾在欧洲游学八年,与一位法国女子结婚,是日本近代著名的西洋画家,作品入选法国艺术沙龙,1975年获得了日本文化勋章,是日本艺术院的院士。他把自己的大部分作品捐赠给了家乡,当地特意为他建立了这座美术馆,收藏和展示其作品,其最著名的一幅作品恐怕是以其混血的女儿为模特儿、穿着保加利亚宽松衬衣的女子,优雅的气质、慵懒的神情和聪慧清澈的目光融于一体,是一幅可以传世的佳作。还有一家建在饭纲山顶的小诸高原美术馆,据说风景绝佳,只是有些远,就没有去。

小布施是长野县北部靠近千曲川的一个人口只有一万多点的小镇,以出产信州苹果闻名,江户时期的大画家葛饰北斋八十岁之后自江户移居此地,留下了许多晚年的画作。北斋是一位成就辉煌的大师,从中国画、西洋画和传统的大和绘中汲取营养,仕女、花鸟、鱼虫、风景、风俗,几乎所有的题材都有涉略,插画、版画、浮世绘,各个领域都留下了杰作,他最出名的要算是描绘富士山四季变化的"富岳三十六景"了,如今已经驰名全世界,没想到如此偏僻的一个山乡小镇上,竟然有一家可以充分欣赏其各类杰作的美术馆,实在是让人有些喜出望外。美术馆的建筑设计也可圈可点,花木扶疏中显得质朴而雅致。

此外,小布施镇上还有日本画家中岛千波美术馆、文人画家高井鸿山纪念馆等,这样的一个乡间小镇上竟然有如此浓厚的艺术气氛,实在让人感慨不已。

1999年3月上旬一个风和日丽的早春上午,一位经商的日本朋友开了一辆跑车带我出去游玩,他问我希望去哪里,我说还是看几家美术馆吧。于是汽车向西北方向行驶,路上他打开了敞篷,有些寒意的春风从两侧吹过,带来了山野的春意。我们先去看了穗高町境内的碌山美术馆,主要收藏和展出雕塑家荻原碌山的作品,碌山是明治后期的美术家,1901—1907年在美国和欧洲游学多年,对罗丹极为钦佩,曾受罗丹的指导,雕塑作品受罗丹影响甚大,绘画则介于浪漫主义和印象主义之间,也带点野兽派的印记,可惜四十三岁即英年早逝。碌山美术馆的外观是纯然教堂风的建筑,朱褐色的砖墙,小小的哥特式尖顶,坐落在一片小树林中,距离JR大系线穗高站并不远。下午我们去了有明美术馆,该馆的展品我已经印象模糊了,但整个建筑和陈设极富艺术情调,有咖啡座,我们在此小憩,落地玻璃窗外是一片宁静的树林,置身于这样的环境中,心灵似乎有一种得到净化和升华的感觉。

看一个国家文明水准的高低,我想美术馆和博物馆(日本还有相当多的乡土资料馆)的多寡应该是一个重要指标。一个内陆县的长野境内,居然如珍珠般地遍布了这么多的美术馆,在自己去体验之前,真的是没有意料到。这些美术馆除了少数为公立之外,绝大多数都是由公益财团法人经营的,其门票的价格对日本人而言也并不高昂,学生票尤其低廉。近代以后,尤其是战后日本国民素质普遍处于一个较高的水准,自然有诸多的原因,但我想润物细无声的美术品的陶冶,应该是一个不可或缺的因素。其实在中国,在德国潜心研习四年多、受欧洲哲学和艺术影响至深的蔡元培,早就认识到了美育对于国民素养培育的重要性,他在出任中华民国第一任教育总长的时候,就极力倡导美育,在北京大学校长任上,提出了"以美育代宗教",先后撰写了《美术的进化》《美学讲稿》《美学的对象》等文章,希望通过美术的教育来使人"高尚其道德,纯洁其品性"。遗憾的是,蔡元培的夙愿至今仍未得到实现。长野县乃至全日本拥有如此众多的美术馆,使人们在日常的浸润中自然地培育起美的感觉、美的意识和对美好事物的热爱,这也许是提升国民素养的一种非常智慧的方式。他山之石可以攻玉,我们应该可以从中获得不少教益。

2016 年 4 月 13 日

诗情轻井泽

1998年到了长野县的上田,才知道邻近有一个名曰轻井泽的胜景地,从东京坐新干线去上田时曾有经过,交通也可谓便捷,不过整个轻井泽有一百五十六平方公里,自驾游应该是最佳选择。我虽在上田乡居一年,却是没有汽车,两次去轻井泽,都是借了朋友的光。

轻井泽近代以前是西北部通往江户的中山道上的一个"宿场町",距今天的东京大约一百八十公里,"参勤交代"的各地藩主或一般的旅人会在此投宿,因而兴盛了一个时期,明治以后"参勤交代"制度废除,这里便迅速冷落了下来,直到1886年加拿大出身的英国传教士亚历山大·肖(Alexander Croft Shaw, 1846-1902)发现了这一绝佳的避暑地后,日本的西洋人便纷纷来到此地购地建造别墅,以后日本各大公司、学校和各种机构也在这里兴建了疗养和培训设施,一大批别墅区被开发出来。轻井泽在1923年设町(建制大抵相当于中国的镇),人口不到两万人。这里海拔一千米左右,东、南、北三面都是郁郁葱葱的山峦,8月份的平均温度只有二十度,凉爽宜人,如今已成了日本首屈一指的夏季度假胜地。前几天日本大学的高纲博文教授告诉我,他去年(2015)花了四千万日元(约两百多万人民币)在轻井泽买了一幢别墅,叫人好生羡慕。

第一次去轻井泽是在1998年5月3日。5月初正是日本的黄金周,全国人民都有一周左右的假期,那时我在长野大学任教,住在上田市的郊外,在名古屋商科大学任教的好友赵坚带了家人开车来我这边游玩,于是就一起去了轻井泽。大概不到四十公里的路,一路顺畅,临近轻井泽才有些拥堵,不少人从东京一带开车过来。不过一过了堵车路段,众多的游客就立即被绿色浓郁的山林吞噬了,除了号称轻井泽银座的那条街有些熙熙攘攘外,大部分区域几乎寂静无人。两次去轻井泽,给我最深的印象便是绿,浓浓淡淡、深深浅浅的绿,这时,我深切体悟到了朱自清当年撰写美文《绿》时的心境。到处都是森森的树林,5月初,那里才是仲春,正是新叶萌生、姹紫嫣红的季节。我们把车停在了一家咖啡馆的边上,咖啡馆是一幢白色的洋楼,被馥郁的绿色所遮掩。屋内精美典雅,兼作画廊,挂着许多悦人的粉彩画和油画,一架电子钢琴自动地演奏着法国印象主义作曲家德彪西的《牧神午后》。我们闲闲地坐在露台上喝着红茶,陶醉在眼前无边无际的深浅不一的绿色之中。来的时候艳阳高照,不一会儿一片浓雾袭来,让人感到了些许寒意,赵坚的太太不得不去购买了衣裤来御寒。这里是山间,阴晴不定,气候多变。

我们也去凑了热闹,到那条叫银座的街上去走走。在街的北端,我见到了一座洋人的胸像,上面刻的名字是Alexander Croft Shaw,由此才知道了传教士肖发现轻井泽避暑地的历史。如今的轻井泽,还建起了肖纪念礼拜堂,纯然木结构的教堂,掩映在苍翠的树林之中,1986年在旁边还复原了肖在1888年建造的两层木造的度假别墅,免费向公众开放。肖作为英国圣公会福音派的传教士,于1873年9月来到日本,起初被启蒙思想家福泽谕吉聘为家庭英语教师,后来又到福泽创办的庆应义塾(今日本顶尖的私立大学庆应义塾大学的前身)教授英语,还担任了英国公使馆的牧师,在东京创建了圣安德烈教堂,在他的受洗者中,有后来的东京市长尾崎行雄(就是他向华盛顿市赠送了几百株樱花树苗,如今波托马克河两岸盛开的樱花,成了全美国的一个景点)。这使我想起,中国的北戴河和庐山牯岭当年也是洋人发现了它的避暑价值而成了消夏胜地,可是我们对此一无所知,更没有一丁点的纪念设施,因为在传统中国人的眼中,近代的洋人只是入侵者而已。

下午我们去游览了云场池、白丝瀑等几个景点。云场池呈狭长形,是将山间的涓涓细流蓄积后围堰起来的一个半人工、半天然的池塘,水色清碧,四周又是一片绿色鲜亮的树林,周边散落着几家美术馆和造型现代的木屋,那大抵是咖啡屋和西餐馆。白丝瀑大概是我有生以来所见过的最为独特的瀑布,它没有那种飞流直下三千尺的壮伟,也没有落水击石的轰然声,它是由无数的地下涌水流过沙砾、青苔和细石,沿着宽约七十米的石崖静静地流淌下来,如缕缕白色的绢丝,紧贴着崖壁,落差只有三米,激起些许细细的水雾,汇入一个深潭。这两个地方,据说深秋时的红叶也相当的艳美。

第二次来轻井泽,是当年的 8 月 1 日。那时在上海的妻女短期到这边来度假。在上田结识的日本友人高野夫妇开车带我们去度周末。男主人是医生,自己开一家医院,喜好足球,家境富裕,为人却十分低调和蔼。周六的下午医院停诊,我们便坐了高野医生驾驶的奔驰轿车前往他们在轻井泽森林中的山庄。在进入他们的山庄之前,我大概都不很清楚什么叫森林。小时候读过高尔基的自传体长篇小说《童年》,里面写到夏天时外祖母带他去森林采集蘑菇的场景,温馨而美丽,一直牵动着我少年的心,但我自幼生长于连树木也很少见到的都市,无法想象森林是怎样的景象,这次却让我充分领略了。汽车开进了森林中的小道,四周是绵延不绝的绿色的树木,将本来就不怎么喧嚣的市尘完全屏蔽了。偶尔在绿色中闪过一两幢别墅的影迹。一条溪流静静地从树林间流过。汽车停在了一幢两层楼的木屋前,这就是高野家在轻井泽的山庄。空气中充满了负离子,让人情不自禁地大口呼吸,像是要借助这森林的氧吧来荡涤体内的污浊。我们坐在木屋的客厅里饮茶,闲闲地享受着森林中的静谧和清新,隐约可听见不远处淙淙的溪流声。临近傍晚时,主人开车带我们去 Hotel Bleston Curt 吃晚饭。这是一家占地广大的度假酒店,最高只有两层,享受着绿色的拥抱,客房都是一幢幢小木屋,散落在树林间。餐厅在主建筑内,高约六米,有两面完全是玻璃,一面将户外的绿色融入到了室内来,一面的外边则是用水泥做成如同石块般的崖壁,再现了人工的白丝瀑。那天吃的是日本化的、精致的法国菜,让主人破费不少。那一晚在森林木屋中的睡眠,让人完全融化在了甜美中。

翌日清晨,在或高或低、或急或缓的鸟鸣声中醒来,才意识到自己原来在森林中。又去了一次银座以后,近十一时,驱车去参观轻井泽高原文库,文库的英文表示是Literature Museum,即文学博物馆,建成于1985年,底下是附近活火山浅间山的火山石垒起的地基,建筑多用现代的建材和玻璃,简洁大气,明亮通透,周围遍植落叶松、金合欢、春榆等树木,高高的火山石地基上也爬满了藤蔓植物。二楼的展示室里陈列了各种与轻井泽相关的文学家的手稿、图片和著作的初版本,每年都会举办与轻井泽有关的某位小说家、诗人、音乐家、画家和摄影家的特别展,还会举行各种各样的朗诵会和讲演会,我们去的那天,正是昭和时期的小说家、诗人室生犀星的特别展。

在文库的东侧,从轻井泽的别处移建了几处文学家的旧居,分别是大正时期的白桦派作家有岛武郎的别庄"净月庵",昭和时期的小说家堀辰雄的1412番山庄以及活了一百岁的女作家野上弥生子的书房"鬼女山房",后者的名字让人有些悚然。有岛武郎家境富有,自己曾在哈佛大学念过书,回国后当过东北帝国大学的英语讲师,父亲做过横滨的海关关长,明治末年在这里建了一处别墅,死后由武郎继承,1916—1922年的夏天他都在这里度过,《信浓日记》就在此写成,后来与《妇人公论》的记者、有夫之妇波多野秋子热恋,情事败露,苦恼不已,于是两人双双在"净月庵"中自缢身亡,说起来也真是一个凄婉的故事。1412番山庄是堀辰雄1941年从美国人史密斯手中买来的,那时日美关系已经交恶,想来价格也相当低廉,有四年自初夏至秋天他都在这里度过,秋季的早晚这里已经颇为寒冷,屋内备置了暖炉,屋顶至今还保存着烟囱。"鬼女山房"是一幢茶室格调的日本传统建筑,在洋楼遍地的轻井泽反而显得有些突兀。顺便说及,在轻井泽的东西南北,还散落着诸如"绘本的森林美术馆""轻井泽新艺术馆""轻井泽幻觉美术馆""玩具博物馆""琉璃工房"等好几家艺术博物馆,因时间有限,我们就无法一一去踏访了。确实,这里不仅有美丽的自然,还到处氤氲着浓郁的文学和艺术气息。

那天中午,我们回到高野家的森林别墅,在楼前的空地上举行了户外烧烤,女主人事先准备了许多食物,森林的清香中交织着食物的焦香,说实话,烧烤本身的乐趣要远远大于食物的美味,高野医生因为要开车,只有我一人喝着凉凉的啤酒,那份惬意,至今仍难以忘怀。

轻井泽有常住居民两万人不到,夏季时可达到二十万人,不过这里地区广大,树高林密,除了银座,并无喧闹的感觉。到了冬季,这里就成了冰天雪地,也就很少有游人来光顾了。

2016年4月2日

日清媾和纪念馆

下关是山口县境内最大的城市,位于本州的最西端,以狭窄的关门海峡与九州相望,如今已有大桥和隧道彼此相连。下关的出名,在日本也许有种种缘由,比如此地河豚鱼的肉质鲜美,比如关门海峡的位置险要,比如沿海峡的滨海大道的风景秀丽。不过中国人之知道下关,大概主要是1895年李鸿章一行在这里与伊藤博文签下了在近代中日关系史上影响深远的《马关条约》。

我对下关的兴趣,主要也在于这《马关条约》。为此,在8月的一个凉雨淅沥的周日,特意搭乘了列车,费时将近两小时,来到了下关。当然,并非纯然是出于思古之幽情,因为《马关条约》对于中国人而言,并不是一个可以使人颜面陡增的条约。

从火车站到地图上所标示的日清媾和纪念馆,大概有两三公里路,可以乘坐公共汽车前往。但一来汽车班次少,二来我是初次踏访此地,不妨一个人沿滨海大道信步闲走,虽然天空中不时飘落下点点急雨。

下关现有人口将近二十六万,与我国的青岛是友好城市,虽然城市规模不及青岛,亦无青岛所有的迷人的海滩,却同样沐浴着稍有些咸腥味的海风,街市的背面是坡度平缓的山丘,绿树掩映中,可瞥见精致的楼房。沿着海峡,修建了一条整洁的大道,有几段路面竟然是用木板铺设,水蓝色的海潮就在脚下拍打,倒也相当富有风情。

我到的那天,恰是周末,清早的街面上,几乎没有行人。手持一张地图,慢慢地找寻,约摸走了半个多小时,走过闻名遐迩的唐门鱼市场,再前行十分钟左右,就是当年李鸿章与伊藤博文谈判的春帆楼饭店。今日的春帆楼,已不是昔日的旧貌,但店名依然留存,地点也一如往昔,房屋的样式,也有些旧日和式的风格,虽然与照片上的原物相比,气宇轩昂了很多。有意思的是,在通往饭店的一条短短的坡道上,竟然立了一块路牌,上写"李鸿章道",我对着这块路牌,凝视良久,内心升起了无限的感慨。

在春帆楼的东侧,是一座两层的翼展式屋顶的砖石建筑,即是日清媾和纪念馆。此馆始建于1935年,费时两年建成。为何在1935年这一年想建这样一处建筑?是铭记历史还是向子孙炫耀当年的辉煌?未及考证,不过从今日屋内的陈设来看,好像没有炫耀的意思。门前立了一面说明牌,从中获知,这处建筑现在隶属于下关市教育委员会,全年向公众开放,不收取门票。

有意思的是,整幢房子虽然亮着灯,里面的门户也都洞开,却是没有一个管理人员。当我踏入纪念馆时,里面就我一个人。房屋的中间,由玻璃隔离的空间内,展示了当年谈判的场景:正中是一张铺着桌布的长桌,周边排放了十四张西式靠椅,上悬一盏点亮的煤油灯,一端的墙上,是一幅书写着"忠孝"两个大字的挂轴,不知出于何人手笔。玻璃隔房的外面,沿墙挂满了各色图轴、手迹,图轴是当年春帆楼的景致,手迹则多出自其时的风云人物,包括李鸿章和伊藤博文,或遒劲,或俊逸,其水准自然远过于今日的政要。这些手迹想必都是原物,仅有一面玻璃相隔,而无人看管。在中国或别处,恐有失窃之虞。也有图片,则是摄于日后,还有一幅,是当年《马关条约》的部分日文影印,上面记录了当时李鸿章赴日的头衔是"大清帝国大皇帝钦差头等全权大臣",今日看来,多少有些讽刺的意味。

19世纪末期,下关虽已是个开埠的港口,似乎还没有像样的宾馆,李鸿章一行下榻的所在,是距春帆楼不远的引接寺。引接寺不算一处宏寺巨刹,是从以前的丰前国移建过来的,1598年,作为当时地方豪族小早川家族的菩提寺而重建。李鸿章一行来访时,春帆楼周边也没有像样的迎宾馆,便临时下榻在此。据当时《中日议和纪略》的记载,伊藤博文在与李鸿章初次见面寒暄时,曾客气地说了一句"此间地偏,并无与头等钦差大臣相宜之馆舍,甚为抱歉"。大概日本人自己也觉得这样的下榻处未免太寒碜了些。这座寺院在1945年的美军空袭中大致烧毁,今日仅留下了一处名曰三门的建筑,据传由左甚五郎所作的龙的雕刻品在空袭中得以幸存,现在被下关市指定为市里的有形文化遗产。当年的3月24日下午4时左右,李鸿章在自春帆楼归返引接寺的途中,遭遇暴徒的枪击,虽有伤害,性命却无大碍,4月10日谈判重新开启,17日条约签订。

关于谈判桌上日方的咄咄逼人,中方的忍让退却,以及条约内容的丧权辱国,这里就不一一细说了。有意思的是,我在翻阅王芸生编著的六卷本《六十年来中国与日本》时,发现当年李鸿章和伊藤博文在赔款割地的谈判场合,双方不免都有些剑拔弩张的氛围中,竟然说了不少两国提携合作、共兴东亚的豪言。书中引录的《中日议和纪略》记载说,李鸿章当时对伊藤博文说了一番这样的话:"亚细亚洲,我中东两国最为近邻,且系同文,讵可寻仇?今暂时相争,总以永好为是。……如我两国使臣彼此深知此意,应力维亚洲大局,永结和好,庶我亚洲黄种之民不为欧洲白种之民所侵蚀也。"伊藤闻后,慨然长叹,谓:"中堂之论,甚惬我心。"不知道两位全权大臣只是外交谈判桌上的虚与委蛇呢,还是发自肺腑的赤心之言?不过在同为日方全权代表的时任外务大臣的陆奥宗光所写的回忆录《蹇蹇录——日清战争外交秘录》中,记录了当年李鸿章为了减少中国的损失而与日方一再争执的场面:

> 李鸿章力争将两亿赔款再减少五千万,见这一目的无法达成,便要求减少两千万,最后竟向伊藤全权哀求说,这两千万就权当给我回国的临别赠礼。这样的举动,从他的地位来说,也真有些玷污自己的脸面。总而言之,他以年逾七十的高龄不远千里来到异域奉行使命,连日会谈也丝毫未现困倦之色,也真可谓有老骥伏枥的壮志。

时至今日,时光又过去了将近两个甲子,中日关系历经了风风雨雨,至今仍然不是绯红色的云霞一片。我去的那天,当年的春帆楼前,海峡内恰逢风急浪高,由远而近的铅灰色的云块,带来了滂沱大雨。

出了纪念馆,撑着伞,走过一处暗红色的砖瓦建筑。虽非古迹,却也绝非新构,剥蚀的风雨痕迹告知路人,这座小楼已经阅历了一百多年的人世沧桑。这是当年的英国领事馆。1854年,美国将军佩里率领的舰队打开了日本国门后,日本被迫与西方列强签订了各类通商条约,早年开埠的港口诸如北海道的函馆和伊豆半岛上的下田,如今都已经不大知名,下关因为地处海峡要津,经当年曾参加幕府末年下关战争的英国人俄内斯特·萨特的游说,英国政府便决定在此开设领事馆,时在1901年,五年后又在如今的唐户町五番地建造了留存至今的这座建筑。下关开埠较早,市内留有不少早年的西洋式建筑,但出于西方人设计的,仅此一处。建筑本身并无特别的亮点,呈文艺复兴时期的样式,面对着海峡,有三个上呈拱形的阳台,从旧照片上来看,当年此地可悠闲地眺望海景,不过如今前面已耸起了新建筑。二战期间,日本与英国交战,领事馆关闭,战后,下关的地位也日趋下降,此处便成了展示出土文物的考古馆,现在恢复了当年的原貌,作为史迹建筑向一般的公众免费开放,同时被辟作市民艺术作品的陈列馆。也许是雨天,我进去时游人稀少,只有一名管理员颇为无聊地闲坐在里面。屋内的装潢设计也比较一般,具有19世纪末期新艺术风格的壁炉等,在上海的旧式洋楼中都可看见。但是日本人特意投入资金修缮了这座旧建筑,并在1999年将此地列为国家重要文化遗产,人们可以在此重温当年的历史,同时为下关这座城市增添了几许文化的氛围和历史的积淀。在我离开时,陆续有不少人走了进来。

2006年2月8日初稿,2016年4月13日定稿

萩市行旅

初到山口不久,就有朋友介绍说,山口境内,萩可以一看。来山口之前,也曾经知晓萩这个地方。以前在长野大学任教,临别时,一位教授获知我喜欢陶瓷,又好喝酒,就送了我一套萩烧制的(日语称之为"萩烧")陶器酒具,我看着喜欢,搁置在橱内,至今仍不舍得使用。后来查了一下文献,得知在1590年代丰臣秀吉武力进犯朝鲜时,带回来不少朝鲜的陶工,其中有李氏两兄弟,在萩(萩在地理上距朝鲜半岛很近)开设窑场,烧制陶瓷器,以后历代沿承下来,成了日本的名窑之一,其制品,尤以茶器和茶碗最为出名。知晓萩的另一个理由是,江户幕府末年,在推翻幕府的热潮中,当时的长州藩(大抵是现今的山口县)内出了一批叱咤风云的人物,明治以后,在近代日本的舞台上又成了举足轻重的角色。而这些人物的出生地或曰发祥地,便在萩这个地方。

从地图上看,萩在山口县的北部,濒临日本海,有绵延几百米的海滨浴场,境内人口不到五万。萩实在也是个山清水秀的好地方,只是交通有些不便,有港口,但规模小,与韩国的交往,大抵让下关占去了风头;有铁路,但未与发达的本州南部直接相连;有公路,却不是高速,不仅产业发展不起来,近年来旅游业也渐趋冷落,市面有些萧条。

从山口市到萩,我坐的是长途汽车,在山间穿行,满目苍翠,虽不是高速,路况却很好,一个小时多车便抵达萩的市区。与日本大部分小城市一样,狭窄的街面,低矮的建筑,却和大都会是一样的干净和整洁,路边的商店透发出一样的精致和瑰丽。我在街角的观光导游处索取了几份各色导游图,大致问了一下方位后,便开始了一个人的游荡。

萩城内最可一看的大概当推城下町了。日本所谓的城下町,城是东方式的城堡或城楼,城下町便是建在城堡或城楼附近的街区,与中国四周有墙垣甚至濠水围起来的古城格局有很大的不同,历史也要浅显得多,1579年战国时代的枭雄织田信长在近江国所建的安土城大概算是最早的一座像样的城了。萩的城堡初建于17世纪初的江户初年,明治初年城阁等相继被拆除,现在只剩下了部分的石垣,古迹斑斓,可以令人追想当年的风采,还有一段水面平静的城壕,清晰地倒映出历史的风云。

城下町完全保存了旧日的风貌,呈棋盘格局,有菊屋横町、伊势屋横町、江户屋横町等,主要是南北向的小巷,以前大概是土路或石子路,现在当然是铺设好了,显得相当的整洁。路两边是民宅,看来是中等以上人家的门第,都有墙垣和院落,现在多已辟作观光点,大多已无人居住。

其间我一直想要寻访的是高杉晋作的诞生地。高杉晋作在幕府末年时是一个传奇性的人物,1839年出生于当地一个中级武士的家庭,少年英俊,曾狂热地投身到当时的尊王攘夷运动中,组织了奇兵队来抗击经由下关海峡进犯萩的英、美、法等四国联合舰队,一时名声大噪,但未及见到幕府彻底倒台,便得疾病去世。在日本,有很多小说、漫画、电影都热衷于叙述他的传奇故事,他的声名也就流传至今。但这些都不是我对他感兴趣的原因。我对他有兴趣,在于他与上海有因缘。

1862年5月,已经被西方列强打开国门的日本,在实施了长期的锁国政策、与包括中国在内的外部世界的官方交往断绝了两百多年之后,幕府政权派出了第一艘官府的商船"千岁丸",驶往上海。船上除了水手、官吏之外,还有相当数量的雄气勃勃的青年武士,高杉晋作就是其中之一。说是商船,但是贸易却不是主业,只是把船上的货物销售后,充作旅资,再驶向香港。不料带来的海鲜干货等并没有卖出好价钱,于是便在上海一地滞留了两个月。1862年的上海,开埠已有时日,西方的势力已在黄浦江畔站住了脚跟,租界内耸起了鳞次栉比的洋楼,江面上百舸竞发、舰船争流,这使高杉晋作等日本人看到了一个亮晃晃的新世界,而这一年的春夏之交,也正是太平军攻打江南的岁月,老县城里挤满了蜂拥而入的难民,街巷破败,污秽遍地,而列强的兵士则在中国的土地上趾高气扬,飞扬跋扈,这使得高杉晋作们感到非常震惊。他与其他年轻的武士们将在各处踏访的所见所闻一一记录在册,撰写了《上海杂记》《清国漫游录》等书,回国后汇集出版,让幕府末年的日本人看到了书香古典之外的另一个现实的中国,日本人心目中的中华帝国的崇高形象也由此逐渐轰毁。近代日本人对中国人的鄙视,大概缘起于这次"千岁丸"的上海之旅。

高杉晋作的诞生地自然也没有什么特别,素朴的木门外,竖着两块石碑,表示这是高杉的旧宅。江户年间的宅邸,内有一个小小的庭院,树荫蓊郁,院内有一口旧井,据说当年高杉出生时所用的洗净水,便汲自这口水井。屋宇内陈列着一些高杉的照片和书迹等,大抵能窥知他的生平事迹。除了此地外,萩博物馆内,也有一个高杉晋作的资料室,收集了其生前的衣物、木刀和书箱等物品,以供后人参观。在日本,高杉晋作是被排列在维新志士的行列内的,但在我脑际萦回的,还是他那两本关于上海的书稿。

在城下町内,还有被称为维新三杰之一的木户孝允的旧居,他的宅第显示了当年地方诸侯(日语称之为"藩")御医家居的格局,保存完好,颇可一观。距高杉诞生地不远的,是曾在1927—1929年间出任日本内阁总理的田中义一的出生地,建筑已经不存,只是留出了一块空地,立了一块石碑,种植了几棵树,稍稍有些滑稽。说起田中义一,中国人大概不会有什么好感。他是陆军大将出身,创建了帝国军人在乡会,在他执政期间,为阻止北伐军的北上,悍然出兵济南,制造了"济南惨案",并且召集了图谋以武力在中国扩大权益的东方会议,制定了侵略性的大陆政策,还在1928年指示策划了炸死张作霖的事件,同时在国内残酷镇压共产党等左翼势力,开始了准法西斯的统治。但是因为他做过首相,当地人也就觉得颇为自豪,在萩博物馆前的绿地上,竟然还立有他的一尊高大的铜像,神气活现,令人实在怀疑日本人的是非观。

接着沿中心大街往东行走,步行约半个多小时,跨过已近入海的松本川上的大桥,这儿是吉田松阴的纪念地。

吉田松阴,一般中国人会对他有点陌生,从时代上来说,他差不多也是个前近代的人物,1830年出生在萩,二十九岁那年便被幕府处以极刑,未及见到维新后的新气象。虽说英年早亡,吉田松阴在日本近代思想上,却是个大师级的人物,在偷渡海外的图谋失败后被囚禁在家乡的居舍时,开设了松下村塾,讲授他的思想和主张,高杉晋作、伊藤博文等众多风云人物都曾拜在他的门下。他对孟子研究甚深,著有一本《孟子札记》,影响深远,迄今仍是名著。但他同时也是个近代日本对外扩张主义的思想先驱,自从1853—1854年美国海军舰队强行打开了日本的国门后,他就意识到了日本的危机,而消解危机的途径,他认为是励精图治的同时,还应谋求海外的扩张,1858年,他在一封给友人的信函中透露了他对今后日本的谋划:"垦拓虾夷(指北海道),收取琉球,北取朝鲜,挫败满洲,东压支那,南临印度。"日本企图成为亚洲盟主的野心,在吉田松阴的时候,已经开启了端倪。

走过大桥不远,即可看到松阴神社前高高耸立的鸟居,气势森严,规模宏大。明治维新取得了相当成功的1890年,在他旧居附近建造了松阴神社,以祭祀他的阴魂,铭记他对近代日本的功绩。1955年,又建成了朱漆涂抹的正殿,供人们祭拜,在入口处的左侧,建有松阴纪念馆,还要六百五十日元的门票。神社境内,当年松阴讲学的村塾、囚禁的屋舍都还保存着,可遥想当年高杉晋作等人在此受讲时的情景。令人感到有点意外的是,在正殿和纪念馆的入口,都各悬挂有两面日本国旗,这在一般的神社中可谓绝无仅有。在日本国内悬挂日本国旗,本来是日本人的自由,我等外来人不宜置喙,但也许是有过去受侵略的惨痛历史,我对日本的国旗素来没有好感,插在神社的入口,更有一种异样的感觉。吉田松阴受此殊荣,在九泉之下大概亦颇为得意罢。

在萩崛起的人物中,声名最为显赫的大概要算伊藤博文了。他的头像,曾被印在一千日元的纸币上,自然,他的声誉和形象,在日本也是妇孺皆知的了。他是明治维新的最大功臣之一,创建了近代日本的内阁制并担任了第一任总理大臣,起草制定了大日本帝国宪法,是日本历史上第一届议会的贵族院议长,曾四度组阁,换句话说,倘若没有伊藤博文,明治日本也许是另一番面貌了。

不过,明治日本崛起的时期,也正是近代日本对外扩张的时期,因此,伊藤博文在东亚邻国,尤其在朝鲜半岛上,名声不佳,甚至到了声名狼藉的境地。他参与发动了中日甲午战争,最后逼迫李鸿章签下了《马关条约》,他积极推进日本对朝鲜半岛的吞并,曾是日本驻韩国的第一任统监(实际的最高统治者),结果,1909年在哈尔滨车站被韩国义士安重根击毙。不过,伊藤博文在日本本土的负面形象很淡,在一般人的脑海中,他是明治时期一个了不得的政治家。在吉田神社的东南面,精心保存了伊藤博文的旧居和后来移建的别邸,前者被列为国定史迹。

从吉田神社往东折入一条僻静的小路,行约数百米,可见一处茅屋,占地不足一百平方米,木结构,传统的日本乡村屋舍,伊藤博文全家1854年迁居于此,之后与高杉晋作等一同在城下町内的圆政寺中习文练武,再后又拜在吉田松阴的门下。1863年,在他二十二岁那年去英国留学,算是日本较早见过西洋世面的人。在旧居的东侧,是后来移建的别邸,要比旧居气派多了,原建筑1907年建于东京大井村,那时伊藤博文已经很阔气了,别邸也就很有规模,大门前有可供停车的外延式顶棚,大门内既有传统式的书院建筑,也有洋式的屋宇,沿廊檐中间还有个庭院,树木扶疏,绿荫匝地,雅致而舒适。别邸内自然也保存了不少当年的遗物遗像,对伊藤博文的一生有详细的介绍,不过有意思的是,在他生涯的最后一页,只是淡淡地标明他在 1909 年 10 月去世而已,而隐去了在哈尔滨火车站被韩国义士安重根刺杀的事实,也许是日本人觉得有些丢脸,也许是为尊者讳,倒是放在矮桌上的煌煌两大本相册,形象地记录了伊藤博文貌似辉煌的一生,任游客翻阅。翻云覆雨间,历史差不多过去了一个世纪,伊藤博文的一生,就像明治时期的日本一样,千秋功罪,自有后人评说。

2006 年 1 月 16 日

山间小城津和野

津和野是一个小镇,在濒临日本海的岛根县境内,人口六千多一点,且不在交通要冲上,要不是风光秀丽人文荟萃,恐怕也就湮没在崇山峻岭中了。

一个夏末秋初的周六清晨,我搭乘只有一节车厢的列车(在日本被称作电车)从山口出发,经过了一个多小时的旅程,来到了津和野。沿途有一半真的是崇山峻岭,陡峭的山崖和茂密的树林使得车内的光线也幽暗了许多。还有一半虽然有些稻田和小溪,但依然是人烟稀少。以国土面积而言,日本人口密度虽然很高,但像这样的山岳地区不在少数,人口大都集中在太平洋沿岸了。

就在我感到有些寂寞的时候,一个精致的小城出现在了眼前。也许是还很早,跟我一同下车的,只有寥寥数人,出了车站,风格别致的街上,除了偶尔驶过的汽车外,几乎空空荡荡。

我要的,正是这样的感觉。

整个小城呈狭长形,位于山谷的底端,中间有一条名曰津和野川的河流贯穿于整个街区。所谓街区,也就是沿河的两条街。真的是很有情致的两条街。一般的民居,还是悄无声息,只有门前摆放的盆花,绽放出或淡雅或艳丽的花朵,给幽静的街面增添了许多生气。房屋几乎都是江户时期的格局,粉墙黑瓦,有点类似江南的屋宇,不过修得有点过于整齐,沿街还有高高的电线杆巍然伫立,不免减去了几分古旧的韵味。房屋的门楣上,镌刻着诸如"华泉酒造""吉永米谷店"的字样,保存着昔日江户时代的店铺格局,进门处,大多有可从两边撩开的布帘,藏青的底色,用白色书写着店铺号,日语称之为"暖帘"。也有在屋檐下挂出几个灯笼,就更有情调了。

镇公所(日语原文是"町役场",相当于中国的镇政府,但日语中政府一词一般只是指中央政府,姑且译为镇公所吧)周围一带,是整个街区的精华所在。不过不要以为镇公所是一处豪华的建筑,就像我们这边常见的一样。镇公所设在一所老宅内,纯然木造建筑,没有涂抹任何色彩,古朴,整洁,原先是江户时代上层武士的住宅,如今得到了妥善的保护和合理的利用。当然周六并不办公,但是门户依然洞开,人们可自由出入,院子内森然的大树提示人们,这所老宅的历史至少在几个世纪以上了。类似这所老宅的,街上还有"多胡家表门""养老馆"等多处,后者是江户时期当地诸侯的官校,教授四书五经和朱子学,至今还留有当年的剑术道场和书库,不过现在已经改为民俗资料馆了。江户时期的建筑,我觉得有中国宋代的遗风,不取飞檐翘角的样式,更耐看。

有意思的是,在这些古朴的房屋边,在树木葱茏的掩映中,竟然有一所哥特式的尖顶教堂,虽然规模不大,却是相当的抢眼。这所教堂建于1931年,不同寻常的是,屋内是榻榻米,进门必须脱鞋。这里毕竟是日本的内陆,外国的玩意儿到了这里,也不得不日本化了。

画龙点睛的景色,是沿粉墙边修建的水渠。说水渠稍稍有点杀风景,其实是将山上的溪流引入城内的水流,纯然是流动的清澈的活水,底下铺设了砂石,一边种植了水草,水中放养了数十尾色彩斑斓的锦鲤,活泼泼地在水中自由游泳。这里的一段区域,都将电线埋在了地下,因此有点古色苍然的感觉。

街景虽然很醉人,但都不是我最终要寻访的所在。

津和野的出名,还在于明治时期出了两个著名的文化人,一个是早期曾以启蒙思想家著称的西周,另一个是近代日本文学史上熠熠闪光的大文豪森鸥外。

西周,今天记得他的人大概已经不很多了。西周原本出身于旧式医生家庭,曾在上面提到的官学"养老馆"里读过书,后来离开闭塞的老家,来到江户(1869年改为东京),进入幕府开办的藩书调所(有点类似晚清的同文馆)供职,1862年随同他人一起到荷兰留学,攻读哲学和法学,算是日本早期在西洋开了眼界的人。回国后,鼓吹西学,参加了曾留学美国的森有礼发起成立的启蒙社团明六社,著有《百一新论》《致知启蒙》等著作,为明治初期的日本人打开了看世界的一扇窗户。但西周在根本上却是一个非常保守的人,他拥护专制的天皇体制,反对后来在启蒙思潮的鼓动下蓬勃兴起的自由民权运动。后来在近代日本发生过巨大负面影响的《军人训诫》《军人敕语》,都是由他参与起草的。历史长河滔滔滚滚,百年岁月瞬间即逝,千秋功罪,在人们的记忆中都已经渐渐模糊了。如今,在津和野,还留存着他的一所故居。手持地图,按图索骥,走过一段僻静的小巷,跨过津和野川上的一座简便的木桥,折入一条小路,可见山脚下有一座茅草葺顶的屋舍,萧索地孤立在河边。这便是西周生活了二十一年的所在。除了有一块石碑说明外,周围是一片清冷。偶尔可以听到从树林里传来的飒飒风声。

相对于西周,森鸥外就比较有人缘了。事实上,我是先到森鸥外的旧居。虽不是阔气的豪宅,却有一个修葺得比较精致的庭院,土黄的墙面上,是棕褐色的瓦顶。屋内有一个有点上了岁数的妇人,作为志愿者为来访者热情地讲解着森鸥外少年时的事迹,登门入室者可按自己的意愿投入几个硬币。临近旧居,修建了一幢森鸥外的纪念馆,为两层楼房,玻璃墙面,似乎有些摩登,里边陈列的旧物,倒有不少可观览者。在日本近代文学史上,森鸥外是一个与夏目漱石并立的辉煌的存在。1862年,森鸥外出生于此,父亲是一个当地藩主的御医,这样的家庭,当时大概算是中层以上的了。他年轻时前往东京,在东大医学部毕业后成了一名陆军军医,不久去德国留学,在欧洲呆了四年,在苦读医学的同时,对文学萌发了浓厚的兴趣,回国后虽然在军医界一路高升,一直做到军医总监,但使后人记得他的,却是他在文学上的杰出业绩。1889年他在日本出版了从真正意义上来说是第一本外国译诗集《於母影》,并直接介绍了欧洲的各种文艺思潮,小说《舞姬》是他在创作上的成名作,后来他又尝试过各种题材,皆有出色的建树。森鸥外在创作上虽然少有长篇巨制,但给予同时代及后人的影响是巨大的。有意思的事,他虽然年少时负笈欧洲,在西医和西方文学上造诣深湛,汉文学的功底却也相当深厚,留下了不少可以一读的汉诗。明治时代的文人,大抵都有这样的素养和雅兴。

津和野这座小城内,除了一些历史遗迹外,竟然有近十家相当可观的美术馆和博物馆。最出名的大概是葛饰北斋美术馆。北斋是江户末期活跃在画坛的一位浮世绘师。浮世绘中国人大概已经不很陌生了,主要以市井风物为题材,用东洋式的线条,有时也涂抹浓艳的色彩,19世纪后期在欧洲受到欣赏,一时声名鹊起,成了日本人的骄傲。北斋是最优秀的画家之一,这所美术馆里,珍藏了他的许多原作,最引人注目的是版画《富岳三十六景》。其他还有杜塾美术馆、津和野美术馆、津和野町乡土资料馆等,外观皆雅致而富有风情,可惜没有时间一一观览了。

2006 年 2 月 12 日

神户古旧书市淘书记

来到神户后,免不了要到旧书店去逛逛。有一次到六甲道去坐车,轨交车站内临时设立了一个旧书摊店,我走上前去浏览,发现有一册山本实彦的《支那事变——北支之卷》,昭和十二年(1937年)的版本。山本是近代日本影响甚大的改造社的创始人,与鲁迅也有过交往,世界上最初的鲁迅全集就是由改造社出版的,他一生有关中国的著述不少,我曾读过他的《支那》和《满鲜》等,近来正好对战前日本人有关中国的著述产生兴趣,就买了下来,并由此得知,第149回神户古书即卖会(展销会)将在近期举行,于是决定去看一下。

这一届古旧书市的举办者是兵库县古书商业协同组

合,地点在花隈站的西出口附近的古书会馆。原以为既然是会馆,大概是一幢比较像样的建筑,既然名曰书市,也总得有些门庭若市的景象,不料出了站口,在大街小巷走了几圈依然不得要领,后来总算在路人的指点下,在一条僻静的小巷内的一幢陈旧而低矮的屋宇门口看到一块小牌,原来这里就是古书会馆。想来也是,经营旧书的都是一些小本买卖,会馆不可能是一幢气宇轩昂的写字楼。

古书会馆有上下两个楼面用作书市的场所,恰逢梅雨季节,空气中稍稍有些潮湿的霉味,尽管室内开着空调。我去的时候,是平日的下午,一般人大概都还在上班,店堂内顾客稀少,倒是相当的清静。虽然也关注日本文史方面的书,但我这次的兴趣主要在战前日本人关于中国的著述。还真有些收获。看到有两册书合在一起出售,是后藤朝太郎的《支那游记》和《支那行脚记》,厚厚的两大册,都有硬封套,品相不坏,标价六千日元,但外面用玻璃纸粘住,无法翻阅。后藤的书我曾读过一些,他是战前出名的中国通,出生于明治前半期,毕业于东京帝国大学,后曾任日本大学的教授,在汉学汉文方面有相当不错的修养,1920年代前后曾十余次来中国游历,行迹遍布天南地北,撰写了几十本有关中国历史、文化、风俗和各地景物社会诸相的著作。他对中国的叙述,笔端充满着温情,字里行间掩饰不住对中国文化的赞美之意,甚至有些怀旧的痴迷,明治以后,这样的中国观在日本已经不是主流,但依然代表着相当一批具有旧中国情结的人。后藤在1945年8月日本战败前,突然遭遇车祸身亡,有人说是死于右翼的谋杀,但他在战争时期不受当局的喜欢,却是事实。买回家打开一看,都是昭和二年(1927年)发行的初版本,出版社一家名曰春阳堂,一家称为万里阁,都有些汉文化的流风遗韵。书籍不仅内容可观,也多少有点版本的价值,心中不觉暗暗高兴。

在一大叠泛黄的旧书中,中山正善的《从上海到北平》吸引了我,因为近来正在着手近代日本人与上海的研究,对于上海的字眼特别敏感。这本书的独特之点,在于这是一个天理教徒的中国旅行记,描述虽谈不上深刻,却是非常的真切,视角也颇为独特,最为珍贵的,是书中收录了几十幅作者自己拍摄的照片,留下了真实的历史影迹。他的中国之行,是在1930年,那时"九一八事变"尚未爆发,中日之间的气氛还算平和,书中的记录,是我们今天研究日本人中国观的珍贵资料。

那天在书市买了将近三万日元的图书。结账以后,店员又给了我一份古旧书市的通知书和一册目录,是7月15—20日在神户三宫地下街举行的"三宫地下古书大即卖会"。有了这一次的收获,心里不免充满了期待。

三宫是神户市最热闹的地区,地下街规模虽不如大阪的梅田,却也如一个迷宫,每天人流络绎不绝。这里的店堂,要比古书会馆宽敞明亮许多,来淘书的也不乏西装革履者。我在这次书市上依然收获不少。

我觉得比较珍贵的是同文馆大正五年(1916年)出版的《支那研究》。据我所知,这大概是日本近代刊行的第一本综合性的水准较高的研究中国的论文集。内容从军事、经济、商业、矿产到思想、文学,甚至植物的分布等,可谓包罗万象,作者包含了当时日本第一流的政治家和学者以及参谋本部的军人,比较知名的有早稻田大学创始人、时任首相的大隈重信,日本中国学创始人之一的内藤湖南,日本东洋史学奠基人之一的桑原骘藏教授,上海东亚同文书院院长根津一等,编辑此书的是教育学术研究会。此书虽然是作为外国(其他都是些欧美大国)研究丛书的一种出版,也足以显示日本朝野对中国的高度重视,联想起其时正是日本对中国提出二十一条的年代,此书出版的目的也就不言自明了。书内还收录了十几幅照片,包括1910年左右的外滩。

发现德富苏峰的《支那漫游记》,也使我感到小小的欣喜。苏峰的这本书曾收录在小岛晋治教授监修的二十卷本的《大正中国见闻录集成》的第六卷(复刻本)中,我曾仔细读过,但这是大正七年的原版本,书中所附的详细地图和照片都是当年的原物,价格也不太贵,当即便拿下了。苏峰这个人,其实我并不怎么喜欢,他虽是明治以来日本思想界和舆论界的大佬,初期也曾鼓吹过民权,但甲午战争前后转为国家主义者,并具有浓重的帝国主义思想,撰写过《皇道日本之世界》等,后来还曾出任大日本言论报国会的会长,成了战时日本知识界内的头号御用人物,战后受到美国占领当局的追究,被开除公职,1943年颁发的文化勋章也在战后被迫上缴。但他当年所撰写的《支那漫游记》,倒也成为了解近代日本人中国观的重要史料。

当然,日本所谓的古书,只是中文的旧书之谓,大多并不具有版本的价值,我还买了不少战后出版的旧书,如宫崎滔天著的《三十三年之梦》,青木正儿的《江南春》,都列为东洋文库的丛书由平凡社出版。古旧书市中,还出售不少昔日的地图、戏剧电影说明书等,我试图寻找旧日上海的地图,不可得。东京、神户等的旧地图倒是不少,这里毕竟是日本。

2010年7月24日于神户六甲山麓

京都黄檗山万福寺踏访记

知晓有黄檗山万福寺,是因为十来年前在关注日本饮食文化时,注意到了日本江户时代(1603—1867)的初期,自中国传来了新的饮食形式"普茶料理"和新的饮茶方式"煎茶",而这两种新的元素都与黄檗山万福寺有关,或者说与在日本创建了万福寺的隐元和尚有关。自此以后,就很想去寻访万福寺。但万福寺虽在京都,却是在京都府的宇治市郊外,有些偏僻,有时因公务访日,都是来去匆匆,一直未能有充分的闲暇去做一次尽心的远足。

此次来神户大学任教,有一年之期,应该可以了此夙愿。6月初的一个风和日丽的周五,与一个对历史有兴趣的学生为伴,换了几次车,最后坐京阪宇治线来到了黄檗站。我原本以为这是一个观光点,应该有不少乘客下车,结果只有寥寥两三个人。而黄檗站,也像是一个乡村小站,周边颇为冷寂。走出车站,按照指示牌,沿着一条弯曲洁净的狭窄车道,经过万福寺的外围建筑万松园,来到了寺院的山门前。

万福寺始建于1661年5月,占地四万数千坪。它的缘起,完全在于一个来自中国的名曰隐元(1592—1673)的高僧。隐元出生于福建福清的一户农家,二十一岁时因去寻找外出的父亲,在浙江北部一带游历,后在普陀山拜见观音佛像而萌生出家之念,以后历经坎坷,四十六岁时继承了师祖费隐的衣钵,成了家乡黄檗山万福寺(属禅宗临济宗杨岐派)的住持,因修养深湛而深孚众望,逐渐成了一代名僧。17世纪初期,因兴盛的海上贸易,日本的长崎一时成了来自福建、浙江等地的华侨的集聚地,于是自1624年起先后兴建了兴福寺、崇福寺和福济寺三座具有中国明代风格的寺院(被称为"三福寺")。1649年,崇福寺(该寺周围因福建人居多,又被称为"福州寺")的第二代住持圆寂,一时无人继位,就请隐元的一位弟子来担任住持,不料在赴任途中死于海难,于是就恭请隐元赴日。初时隐元因念及自己已是六旬高龄,曾数度谢绝,后为对方的诚意所感动,在他六十三岁的1654年,携带了多名弟子远涉重洋,乘坐郑成功的船只自厦门来到了长崎。其时江户幕府已经实行了锁国政策,除了部分中国商人可在长崎指定的区域(即所谓的"唐人屋敷")内居住生活外,已不允许外国人自由登陆。隐元因其崇高的声望和当地僧人特别的疏通,不仅担任了崇福寺的第四代住持,并于翌年9月自长崎来到了大阪的普门寺。1658年,又被引荐给江户的德川将军,幕府当局为隐元的高僧气度所折服,将京都附近宇治地区的一片土地赐给他建造伽蓝,当地元老等也慷慨捐出资金。隐元出于对自己家乡的深切挚爱,将新建的寺院命名为黄檗山万福寺,并完全依照家乡寺院的建构,悉心策划营造,在此担任住持三年后,将住持之席传让给弟子木庵,自己则隐退于竣工不久的松隐堂,但他仍然是寺院的最高核心。在他晚年,除潜心研究佛法外,还亲自制定了影响深远的《黄檗清规》,并撰写了《松隐集》《松隐二集》《禅余歌》等多册著述,将中国明代(隐元东渡日本时,中国虽然已发生了王朝更迭,但他所延承的则完全是明代的文化)的禅林礼法和规矩完整地传到了日本,同时创建了黄檗宗,与临济宗和曹洞宗并举,形成了日本禅宗的三足鼎立之势,兴盛时宗门下的寺院达到上千座,现今仍有半数留存,万福寺也就成了黄檗宗的大本山,连先期兴建的长崎"三福寺"也皈依了黄檗宗。可贵的是，万福寺由于地处偏僻，长期以来得以远离战火和兵乱，并奇迹般地幸免于火灾，整个寺院建筑和雕塑、器物都得以完整地保存下来，所有的屋宇都是三百五十年前的原貌，其中的十七座建筑被日本政府定为"国家重要文化遗产"。

如今，我就站在这样一座寺院的总门前。总门其实并没有十分宏大的气势，只是像一个院落的大门，门前有两口井，曰龙目井。跨入门内，有一个售票处，门票五百日元。东侧有一个放生池，这也是日本的寺院所不多见的。拐一个弯往前走，巍然耸立着一座山门，纯粹的斗拱木建筑，上悬"万福寺"的匾额，为隐元所书写。门前种植了四株高大的松树，但应该不是当年所植，约有百来年的树龄，树干挺直而枝叶茂盛。山门外有一立石，上刻有"不许荤酒入山门"七个大字，不觉令我哑然失笑，因为如今的日本和尚，是既可娶妻，又可饮酒食肉，这是明治以后的新气象，而万福寺内，似乎依然严守着中国传来的"不饮酒、不邪淫"的戒律。

自山门往前，成一轴线地排列着天王殿、大雄宝殿、法堂、威德殿，再往后，便是满目苍翠的妙高峰和五云峰，如一把太师椅的靠背，怀抱着整个寺院建筑。寺院的主建筑呈中轴线排列，两边各有钟楼、鼓楼及其他廊庑建筑,这差不多是今日中国寺院的基本格局。但其实这样的格局历史并不久远,且不说魏晋南北朝,即使到了隋唐,寺院的中心是佛塔和主殿,其他建筑大抵围绕在周边,这样的格局我们可以在日本奈良时代(710—784)兴建的兴福寺、药师寺以及由东渡日本的鉴真和尚营建的唐招提寺(如今的遗物大抵皆保持了当年的风貌)中一睹原貌。寺院建筑普遍出现中轴线式的格局,大概是宋以后的事情。日本最初出现左右对称的寺院格局,是南宋末年来日本的兰溪道隆(1213—1278)在邻近今天东京的镰仓所兴建的建长寺,这在当初的日本是第一座纯正的禅寺,被封为镰仓五山的第一位,但原建筑后来都毁于大火,今日的屋宇都是江户时代以后重建或移建的,我曾慕名去寻访过,结果有些失望,宋代的遗风几乎荡然无存,中轴线或左右对称的感觉也无从捕捉,只有钟楼内的一口梵钟是当年的原物。万福寺大概是日本保留了宋明以后中国寺院格局的最早最大的一座禅院。

进入山门,迎面可见的是天王殿,兴建于1668年,这在日本的寺院中也是极其罕见的,大殿正前所供奉的弥勒佛像,是来自福建泉州的范道生(1635—1670)的作品。范道生1660年受当时长崎福济寺住持的邀请来塑造佛像,后又被隐元请来为万福寺造像,除弥勒佛外,天王韦驮和十八罗汉像乃至后来隐元的寿像等都出自他的手笔。如今我们所熟稔的袒露上身、笑容可掬的弥勒佛像，应该是宋以后出现的，他的原型据说是五代时行游江湖的布袋和尚，北宋的《景德传灯录》中记录了许多他的故事，他那"一钵千家饭，孤身万里游。青目睹人少，问路白云头"的旷达的人生态度，为僧俗两界的中国人所喜欢，被认为是弥勒的显身，以后便有了大腹便便的弥勒佛像。布袋的故事也曾随水墨禅画一起传入日本，广为人们所知晓，室町时代（1336—1573）时又被列为七福神之一，可谓是一个吉祥物，但与弥勒佛却并无关联。万福寺内的弥勒佛像，如果不是最早，至少也是最早出现在日本寺院内的弥勒佛像之一，且体型最为宏大。不过，与寻常在国内所熟见的弥勒佛像比，开怀大笑中却稍稍有些蹙额，面容似乎也不够慈祥。何以会如此，未及细细考究。

出天王殿，迎面可见的是大雄宝殿。这是一座宏大的重檐歇山顶建筑，屋檐有些翘起，这与宋代的风格，已经大不相同，但似乎还不能用"飞檐翘角"来形容。原本应该施有朱漆，现在大多已漫漶褪落，前几年曾对寺院进行了重大的修缮，但并未新施油彩，给人的感觉是古色苍然，有厚重的历史感。与中国的大雄宝殿前不同的是，这边阶前长方形的开阔地上铺设了一整片的石子，犹如日本的石庭（又称枯山水），但没有那么考究，没有叠石，虽然石面也爬梳出了一些纹理。中国的大雄宝殿前，常常可见一片香烟缭绕，这边却只是在正门前象征性地放置了一个小小的香炉，既无人焚香膜拜，自然也没有香火袅袅的景象，一切都显得静穆、庄严。说起大雄宝殿的称谓，似乎历史也不久远。原先寺院内供奉本尊的殿堂，大抵称作金堂或本堂，日本大多数寺院，延承了隋唐的传统，今日依然如此。大雄宝殿，大概在明代时才成了禅寺中主殿的一般称谓。

大雄宝殿内，释迦佛像下，有一个硕大的木鱼，一般人都知道，此乃僧人诵经时所用。可是与大雄宝殿的称谓一样，寺院中我们所熟识的木鱼的出现，也是比较晚近的事。不过与此相关的记载，倒是很早就有。"木鱼"一词，最早大概见于1019年问世的《释氏要览》中。元代重修的《百丈清规》中说："鱼昼夜醒，刻木，象形，击之，以警昏惰。"可是宋元时期的木鱼，只是鱼形的木具，主要用于寺院中入堂、斋粥等时集聚僧众的场合，并非今日所见的用于诵经的圆形木鱼，后者大约出现在明代。此后便将用于集合的木鱼称为"鱼梆"或者"鱼板"。1981年日本平凡社出版的《世界大百科事典》中说："在承应年间（1652—1655），黄檗禅来到日本时，传来了木鱼，以后广泛用于禅、天台、净土等各宗之间。"原来诵经用的圆圆的木鱼是隐元等黄檗僧人传到日本来的！换言之，日本在17世纪中叶之前是没有木鱼的。而今日的中国差不多已经消失的"鱼梆"或"鱼板"，万福寺内倒是依然留存着，不仅留存着，且依然在使用，只是当年的原物已经十分珍贵，有些鱼板已经敲得字迹模糊，今天日常所用的，大多是新近制作的。万福寺鱼板上所刻写的文字，颇为有趣，抄录如下：

　　谨白大众，生死事大，无常迅速，各宜觉醒，慎勿放逸。

在隐元制定的《黄檗清规》中对此如此规定："各处更版巡更时，各打三下，念谨策已，复打六下。"

在斋堂正门的左侧，悬挂着一具硕大的鱼梆，用整块的木料雕制而成，鱼目圆睁，口中含着一颗圆珠，栩栩如生，成了万福寺的一大名物。不过我想，实心木具的敲击声，毕竟不如悠然远扬的钟声和鼓声，斋堂前的鱼梆，也许只是一个摆设。说起斋堂，听起来好像比较富有诗意，其实原本称作食堂，是早先寺院中"一塔七堂"建构中的一堂，如今食堂的称谓，已经完全世俗化，在寺院中反而不用了,想来也颇可玩味。

相对于日本的其他寺院,万福寺还有一个特点,就是各殿堂的门楣和廊柱上,皆有匾额和对联,如隐元所书的"一喝起风云,祥光增法喜",第二代住持木庵所书的"气岸乾坤大,心雄日月辉",皆遒劲有力,生气圆满。这一风景,在黄檗宗以外的日本寺院中几乎难觅踪影。万福寺内有四十四块匾额、五十六副对联,如今被日本政府定为国家重要文化遗产。顺便说及,自开山祖隐元以后一直到第十三代,万福寺的住持均为中国人,以后还有好几代也是中国人,念诵经文的发音据说也是中国话,不过其时的中国人大多来自浙江福建一带,发音大概不是今天的普通话吧。经过禅堂时,僧人们正在坐禅,并未听见诵经声,我也无从判别是什么发音。

说到万福寺,有两个与茶文化和饮食文化相关的地方一定要去看看。一个是位于寺院内东南侧的卖茶堂和有声轩,另一个是位于门外的白云庵。

中国茶文化传入日本,据官方史书《日本后记》的记载,大约是在9世纪的平安时代前期,但传播范围极其有限,且不久就湮灭了。12世纪末镰仓时代的高僧荣西自浙江传来饮茶习俗和茶叶及种子,并撰写《吃茶养生记》来宣传,由此饮茶正式在日本传开,并形成了具有浓郁日本特色的茶道。但唐宋时中国人饮用的都是将团茶和饼茶（犹如今日云南普洱茶的形状）碾碎后的抹茶，日本今天的茶道中饮用的仍是抹茶。进入明代时，因朱元璋的提倡，叶茶得到了有力的推广，以至于成了今日中国人主要的饮茶样式。禅院中历来有饮茶习俗，隐元及其弟子也将在中国已经普及的叶茶带到了日本，初时用沸水煎煮，在日本就被称为"煎茶"。我不敢说万福寺的僧人是将中国的叶茶带入日本的唯一传人，但至少是主要的传人，由此叶茶在日本逐渐传开。江户中期时，更因为一位在万福寺修道的僧人月海的竭力传播，受到了一般民众的喜爱，他六十一岁时在京都东山开设通仙亭，自备茶具，在大路上卖茶，由此得名卖茶翁，以后又形成了由"黄檗松风流""花月流"等各种流派组成的"煎茶道"，奉卖茶翁为始祖。1928年又成立了"全日本煎茶道联盟"，总部即设在万福寺，并在这一年建造了卖茶堂和有声轩，前者是卖茶翁的纪念堂，只是一个十来平米的小屋，供奉着卖茶翁的塑像。而邻近的有声轩，基本上是日本书院造的风格，颇为典雅，门楣上是万福寺僧人弘道和尚书写的"吃茶去"三个大字，源自唐代赵州和尚的一句有名的公案，很有禅意。

日本寺院的饮食，中国的影响一直不小，豆腐就是一个典型。但长期以来,僧人的饮食极为简约,且大抵是每人一份,用餐时并无桌椅。隐元等带来了崭新的饮食形态。首先是吃饭时有桌有凳,四人一桌,围桌而食;其次是食物并不分开,盛在几个大碗中任由个人自由取食;三是食物的种类比较丰富,烹调方式也与今日的中国大抵无异。这种饮食后来被称之为"普茶料理",勉强解释,大概就是与茶同时上桌的可供普通大众食用的料理。"普茶料理"后来慢慢在黄檗宗的寺院中传开,并受到了一部分俗众的欢迎,于是在寺院门外开出了一家"白云庵",专门供应具有中国风格的素斋(日语称为"精进料理")。万福寺内的斋堂也有供应,要预约,价格也不菲,昔日情形如何不详,我去的那天似乎问津者不多。白云庵是一家十分雅致的庭院式餐馆,粉墙黛瓦,花木扶疏,日本的素斋不用任何油腥,所以也没有任何香味,不详者还以为是哪家庵堂呢。

我不知是黄檗宗在今天的日本已经受到了冷落的缘故呢,还是我去的那天并非周末,且时刻尚早的原因,整个的寺院内竟是出奇的娴静安谧,在两个多小时的徜徉中,几乎没有见到一个僧人,也几乎没有其他游客的身影,直到我们快要走出山门时,才见到一个二十来人的老年观光团进来。

三百多年前的古建筑,连同隐元等留下的楹联、佛像和绘画,蒙罩着厚重的历史沧桑,在一片悠长的静寂里,掩映在初夏的苍苍的浓绿之中。信步走在幽深的用木板铺设的长廊时,耳畔仿佛传来了江浙语音的梵呗声,我不觉感到一阵时空的恍惚,不知自己是身处中华,还是游历在东瀛……

2010 年 6 月 28 日于六甲山麓的神户大学

尾道:一座与文学和电影结缘的海港小城

2000年秋天在四国松山的国立爱媛大学任教三个月时,一条由五六座跨越在濑户内海各个岛屿之间的海上大桥将四国和本州连接起来的"岛並海道"才建通不久,一位研究德国美学的教授向我推荐说,海对面的尾道不错,值得去看一看。说起尾道,我除了在林芙美子的《放浪记》中有些印象外,知晓的还真不多。"岛並海道"是要自驾游的,只能辜负了那位教授的一番厚意。十年后的一个夏末,我正在神户大学教书,趁着假期带了家人西行,游览了广岛一带,归途中路过尾道,决定去看一下。

尾道是一个市,在广岛县境内的东南部,有人口十五万左右,市区内大概不到十万,历史已颇悠久,室町时代的15世纪前后,与明代中国和朝鲜的贸易颇为兴盛,成了一个港口城市,近代以后造船业兴起,如今依然以制造轮船的推进器和锚而著称。不过,这些都不是我的兴趣点。我所在意的,还是这座小城的风貌和风情。在日本人的心目中,尾道最为人们所津津乐道的,是它作为电影外景地的声名。1980年代,尾道出生的电影导演大林宣彦陆续推出了"尾道三部曲":《转校生》《花时间的少女》和《寂寥者》,一时声名鹊起,受到了许多粉丝的追捧,作为电影外景地的尾道,也一时游客如云,人们纷纷来到此地感受电影中营造出来的诗情和人情交杂在一起、微微的苦涩和淡淡的甜美糅合在一起的独特氛围。当然,这些都是我后来听说的,电影也是后来找来看的,爱媛大学的那位教授曾跟我谈起过外景地的话题,当时也没有特别留意,后来询问了几位那个时代过来的日本人,都纷纷对此推崇不已,这也就越发激起了我要去实地踏访的念头。

尾道地处交通要津,从神户到广岛,那里是必经之地,普通的铁路线和新干线在这里都有站头。我在网上预订了一家名曰"绿色山岗(Green Hill)"的酒店,从网上的介绍来看,这是当地较好的一家酒店,濒海而建,我特意选择了朝南的海景房,期待着那风情万种的濑户内海的美景。坐了普通的电车(日本称电气火车为"电车")抵达尾道车站时,已是下午四点多了,酒店就在车站的南侧,入住手续办好后,就迫不及待地奔向那心心念念的海景房,可是打开窗帘,对面不及百米之遥的郁郁葱葱的山岗以及掩映在绿色中的造船厂和小型码头顿时跃入眼帘,哪里有什么海景!正在为这家酒店的欺诈宣传而感到愤懑时,窗台下却确确实实地展现出了澄碧的海水,微风拂来,带着些许海腥味。原来北面的陆地与南侧颇为广大的向岛紧紧毗邻,在此形成了一条狭窄的水道,犹如细长的尾巴,宽度不及上海的黄浦江,此地因而得名曰"尾道"。此时,不禁令人哑然失笑。

除了个别的一两幢之外,尾道的房屋大抵都在两到四层左右,暗旧的色彩,窄窄的街道,与"现代"和"摩登"都相去甚远,也没有昔日江户或明治初期的那种旧日的时代感。走出酒店时,已临近黄昏,眼前的感觉,似乎就是一座发展停滞、商业萧条的地方小城,且大多数的商家都已经掩上了店门,益发显得冷清萧索。

突然,街角的一尊塑像令人眼前一亮,趋近一看,原来是昭和时期的女作家林芙美子。1916年,林芙美子十三岁的时候,全家移居到了尾道,她在这里度过了六年的少女时代,因家境贫寒,读书期间不得不在帆布厂里打工,这段带着海腥味的、夹杂着辛劳和梦想的经历,后来成了她自传体小说《放浪记》中的精华。"我见到大海了!相隔五年之后,我又来到了这能见到大海的尾道,亲切之情油然而生。"《放浪记》中的这几句寻常话,已经成了日本近代文学的经典名句,被雕刻在塑像下的石碑上。眼前的林芙美子,是一个穿着素朴和服的青年女子,蹲在地上,神情若有所思,身旁是一个老式的柳条行李箱和一把雨伞,显得风尘仆仆。在日本人的心目中,林芙美子是一个清纯而又带点野性、心怀憧憬又意志坚定、有过几次婚变的昭和女子,这应该是没有错的。但作为中国人的我,对她的感觉却有些复杂。1930年,她受台湾总督府的邀请与其他人去台湾旅行,在《改造》上发表了《台湾风景》,当年又去中国旅行了两个月,回来后发表了《愉快的地图——一个人的大陆之旅》,这是她与中国的首次邂逅。1938年9月,她参加了由内阁情报部组织的"笔部队"前往上海,后来又作为一个单独的报道记者进入了刚刚沦入日军之手的汉口,以赞美的口吻撰写了两部从军记——《北岸部队》和《战线》。她后来又去了伪满洲国进行劳军,1942年又参加南方报道班,在印度、爪哇、加里曼丹待了八个月。当然在那个时代,林芙美子不是一个个案,绝大部分的日本文人都匍匐在了军部的铁蹄之下,有的人是心悦诚服、主动投靠,有的人则是迫不得已,林芙美子应该是在两者之间。当然,今天的日本人纪念她,是因为她的《放浪记》而不是其他,也许她在战争时期的那些文字,今天绝大多数的日本人根本就不记得了。暮色越来越浓,我不知道是天色的缘故,还是我心里有一丝阴翳,林芙美子的塑像,变得暗淡起来。

第一日傍晚的"发展停滞、商业萧条的地方小城"的印象,实在是委屈了它。尾道的街市呈狭窄的东西走向,南面是岛屿众多的濑户内海,北面就是有些陡峭的峰峦叠嶂,有雄伟的斜拉桥将尾道街市与对面的向岛连接在一起。翌日早上,坐了第一班缆车登上了位于千光寺山半山腰的千年古刹千光寺,天气晴好,随着缆车的冉冉上升,整个尾道的街市、状如江河的海峡、海峡大桥、对岸的向岛,都清晰地展现在眼前,此时用心旷神怡来形容大概是比较贴切的。千光寺据云当年为空海和尚(804年随遣唐使来长安青龙寺习佛两年)所开建,属真言宗,在其楼阁式的正殿(俗称赤堂)上眺望远近的风景,是一个绝佳的所在,一旁的钟楼,入选日本的"音风景"百佳之一,而寺院周边,已经辟为一个颇为广大的公园,所有这一切,均无需门票。

从千光寺沿着石阶或缓缓的坡道下山,是所谓的"文学小路"。绿树掩映中,有一幢日本式的平屋,这里是1934年在尾道去世的近代歌人中村宪吉的旧居,他写的和歌,初期的特点是充溢着纤细的都会情绪和官能性的气氛,后来关注人生实相,荡漾着一种无奈的寂寥感,在歌坛上地位颇高。进入故居,完全是"书院造"的格局,拉开移门,屋外的绿色在夏日的阳光下显得格外的亮眼。突然横生奇想,若得闲暇,在此栖居数日,想必也是相当惬意的吧。沿着坡道继续下行,拐入一条非常僻静的小道,又可见一幢日式的小屋,大文豪志贺直哉1913年曾在此居住了一年,据说他的传世之作《暗夜行路》即是在此构思的。相比屋外明晃晃的日光,屋内显得有些阴暗,但也因此更觉静谧安闲,也许这就是谷崎润一郎要礼赞的"阴影"吧。屋内有一些相关的陈列。不远处还有一处"文学纪念室",分别辟建了好几个相关作家的纪念室,林芙美子的一间,复原了她撰写《放浪记》时的书斋的模样。这里与上述的两处故居连成一体,可买通票,三百日元,每处设一名管理员,只是静静地坐在那里。此外这一片文学小路的区域,还依着山势,在自然的石块上刻写了与尾道相关的二十五位文人的名句,我比较熟知的,有松尾芭蕉、河东碧梧桐、正冈子规、绪方洪庵等,自然地散落在各处,在这一带闲步时,让你时时邂逅文学。

在市政府不远处,有一家利用明治时期的老仓库改建的电影资料馆,展出了小津安二郎利用尾道的街景拍摄的《东京物语》等的图片资料和不少老的电影海报、旧的摄影机,喜欢怀旧的人,可以在此盘桓半日。

从海拔的高处通向海边的,是一段段的坡道和石阶,倘若是在夏日的清晨或是傍晚,或是春秋两季,在这些洁净的石板路上漫步,远眺狭狭的海湾和山麓边的小城,多少是有些诗情画意的。可是时光已临近中午,几乎没有云絮的碧天下,阳光的猛烈使人无法闲庭信步。倒是昨天晚上,在铺设木板的海边散步道上,可以闲闲地看看头上的月亮,以及波澜不惊的海水,还有缓缓行驶在狭窄的海道上的渡轮。我们的酒店附近,就有一个小小的轮渡码头,连着周边昭和初期的建筑,仿佛时光真的回到了八十年前。

2016 年 2 月 6 日

邂逅了江南风情的仓敷

国内知晓仓敷这一地名的人似乎很少。如果只是观光，无论是关东游还是关西游抑或是去北海道、九州旅游的国人，大多与仓敷失之交臂，甚至在日本居住了多年的国人，有的也从未听说过这一地方。就我自己而言，此前好像也没有专程涉足的欲望。2010年在神户大学教书时，有日本友人告诉我，不远处的仓敷有一个大原美术馆，里面的藏品颇可一观，我对于美术馆或是博物馆，一直有些兴趣，1993年3月与妻子初访神户时，恰逢神户博物馆在举行罗浮宫藏品展，尽管两千日元一张的门票对于当时我这个中国穷书生而言颇为高昂，还是很兴奋地排着队进去了。于是就萌生了去仓敷做一次旅行的念头。

暑期里,带着家人先去了冈山市和广岛市,回来时在尾道住了一宿,就决定顺途去探访一下仓敷。仓敷是冈山县内的一个市,南面濒临濑户内海,连所辖的乡村,共有人口四十七万,在日本也算不小了。因其地理位置还不错,江户时期,幕府在这里设立了"代官所",管理周边的备中、讃岐等幕府的直辖地,也成了一个官府的所在地。又因其境内有一条仓敷川,一直向南流向儿岛湾,物资可通过海路输往日本各地,于是仓敷周边盛产的稻米、棉花等纷纷在此中转和集散,由此培育了一批商人,沿仓敷川两岸建造了诸多粉墙黛瓦的仓库和住家,一时航运业、仓储业大盛。近代以后,明治政府推行"殖产兴业"的政策,继与军工相关的钢铁、造船等行业之后,缫丝、棉纺织业也纷纷崛起,仓敷周边,大多是围海造地形成的滩涂平原,颇宜于棉花的生长,1881年和1888年,在这里先后开设了冈山纺织所和仓敷纺织等棉纺厂,仓敷渐渐成了一个闻名遐迩的纺织城市。不过,1930年代以后,纺织业在日本本土已渐渐衰败,战后在临海地区已有炼油、制铁等新的产业兴起,然而当局还是刻意保留了一部分昔日纺织厂的老建筑,整饬如旧,让人们可以追怀明治时期近代纺织业的些许遗影,又开发出了独特的帆布制品和牛仔裤等，在味野商店街营造了一片纺织旧都的氛围，以现代的形式延续着当年的命脉。

那天午后，我们从JR车站出来，沿着仓敷中央大道向东南行走，约十来分钟，便来到了所谓的"美观地区"，用中国话来说，大概就是"风貌区"吧。左近也有市立自然史博物馆、市立美术馆，但我们首先还是走进了大原美术馆。迎面矗立的是一幢古希腊风格的建筑，爱奥尼亚式的圆柱撑起了高大的门廊，在周边日本风的景观中，多少有些突兀和奇拔。也许这正是设计者要突出的"西洋"和"现代"的色彩吧。这座美术馆是当地依靠纺织业等发达起来的实业家大原孙三郎出巨资于1930年建造起来的，仓敷虽是个不起眼的小城市，这座近现代西洋美术馆却是全日本，或许也是亚洲第一家以展现近代西洋美术作品为初衷的美术馆，如今闻名遐迩的位于东京上野公园内的国立西洋美术馆则是迟至1959年才开馆的，从这一点来说，大原美术馆在日本历史上具有一定的里程碑意义。其实大原本人在西洋艺术上并无特别的造诣，只是在仓廪实衣食足又皈依了基督教之后，觉得要做些于社会有益的善事。1908年，他资助了一位名叫儿岛虎次郎的西洋画家去欧洲游学了五年，以后又数次支持他去欧洲考察，儿岛在画艺进步的同时，也对西洋艺术蓄积了深厚的素养和敏锐的鉴赏力,他希望大原能出资在欧洲购买一些有价值的艺术品,以使没有机会去欧美的日本人能够欣赏到西洋艺术的原作。于是大原便委托儿岛适时搜购,而儿岛居然从晚年的莫奈本人那里买到了他的杰作《睡莲》,又从马蒂斯那里求得了画家本人的心爱之作《画家的女儿——马蒂斯小姐肖像》。1923年,在儿岛第三次旅欧的时候,在巴黎的画廊中偶然瞥见了文艺复兴时期的西班牙大画家艾尔·格列柯的代表作之一《受胎告知》,大为兴奋,然而囊中的钱款不足以购买,便拍了照片寄给大原,恳愿他汇款买下。如今这幅世界名画竟然出现在了仓敷的美术馆内,也堪称艺术品流转史上的一个奇迹。后来美术馆又收集到了不少埃及和中国的古代美术珍品,于是开设了一个东洋馆。战后,又网罗了许多日本现代优秀画家的作品,开设了一个分馆。如今,大原美术馆几乎成为仓敷吸引外人的一张名片。几个馆的联票为成人一千三百日元(约八十元人民币),作为一座私家、且荟萃了不少精品的美术馆而言,我觉得并不贵。

　　走出美术馆,又仿佛进入了另外一个世界。在仓敷的老街(即所谓的"美观地区"),有一条不很宽的仓敷川(河),两岸遍植杨柳。这在日本是颇为罕见的风景。日本因其岛国的地形,从山谷流向大海的河流,大都清浅而湍急,在入海口处,水流虽已平缓,但大抵与海水已连成了一片,且水边罕有杨柳种植,因此虽然气候温润如江南,却绝少有江南水乡的风情。而这条仓敷川,因水流平缓,其澄净度似乎不如湍急的溪流,却极像江南的河流,河面上还有江南风格的拱桥,不时可见船工撑着一条木船来招徕游客。不过说实话,岸边的杨柳,虽然也是明明白白的杨柳,却总少了一点江南柳的曼妙风姿。研究中国文学的大家青木正儿在《杭州花信》中曾说:"西湖的杨柳一直很有声名,从古至今一直都是那么的轻柔和鲜丽……我想起在上海登岸的数小时前,有人说船已驶进了长江口,过了不久……看到江岸断断续续有一片带状的烟霭。再过一会儿,才看清这是岸上的杨柳。这柳条的柔嫩若要用来比喻,那我就仿佛是面对着一位纯洁无瑕的少女一般,眼前的情景令我心潮起伏,但说实话,这是我初次见到中国杨柳时的心情。只有见到了西湖的杨柳才可以来谈论杨柳。铁路沿线到处都可以见到杨柳,随便取哪一株都有资格嘲笑日本杨柳的低劣。"仓敷河边的杨柳,虽然绝没有到"低劣"的程度,但在我这个江南人看来,确是少了一点摇曳的风情和婀娜的姿态。

  岸边是江户时代遗存的老建筑,里侧多为两层的货栈和仓库,其基本的建筑样式,底下是方形石块垒成的基础,往上大概有近两米的外墙由木板构成,一律漆成黑色,木板之上则是白色的墙面,开有两排并不很大的窗户,总体的感觉,很像江南水乡的粉墙黛瓦,不过屋顶还保留了中国宋代简洁的风格,绝无飞檐翘角。屋宇与屋宇之间,是窄窄的石板铺就的小巷(有些改成了砾石铺成的道路),又酷似江南小镇的格局,幽深宁静,而路面则更为洁净。河边的老屋,现在都成了面向游客的吃食店和礼品店,还完全是旧时的格局,移门,木格窗,荞麦面店外,大抵还挂着布制的"暖帘",屋檐下,是一串发出清冽声响的风铃,也有几家咖啡馆和冷饮店,其中的一家 EL GRECO,用的就是《受胎告知》的画家艾尔·格列柯的名字,除了白色的大门外,整个建筑掩映在爬满了藤蔓植物的绿色外墙内,在江南的风情中,透显出了几许现代的洋气。

这样的一个小城,很可以让人慢慢地徜徉,在河边遐想或发呆,或在岸边的小店内吃一份刨冰,或在小巷内随意地闲走,至于大原美术馆,其本馆和分馆,足以让人慢慢地看一天。没想到,在中国名不见经传的仓敷,竟然还有如此的魅力。

2016 年 3 月 8 日

江户时代的驿站

日本至少有两个叫"草津"的地方。一个在东京北面,位于群马县境内,是有名的温泉疗养地,关东一带的人都是耳熟能详的。另一个在京都的东面,滋贺县境内,离琵琶湖不远,一般的日本人未必都知晓。2010年的8月末,我从神户坐了两个多小时的电车,来到了这座人口十万左右的小城市。季节上虽已入秋,白昼的太阳依然相当炙热。我从车站出来,向南而行,为的是去看一个江户时代的驿站旧迹——"草津宿本阵"。中国人看了这几个汉字,有点云里雾里,这里稍作解释。

大家知道,江户是继镰仓、室町之后的最后一个幕府,德川家族掌控了全国的政治实权,为了便于施政,以江户（今东京）市内的日本桥为起讫点，设计并整修了通往各地的五条大道：东海道、中山道、日光道、甲州道和奥州道，合称为"五街道"，这使我联想起了天津原先英租界内的"五大道"，不过这完全是两个概念，日语中"街道"，意思是连接各个市镇之间的大道，有点类似于今天中国的"国道"或"省道"，不过在近代以前，"街道"的路基和宽度未必能行驶汽车（自然也没有汽车）。江户幕府为了有效地控制地方上的各路诸侯（日语称之为"藩"，基本意义也是来源于中国），想出了两个颇为管用的办法，一是让各地藩主的妻子儿女作为人质居住在江户，以防止各藩的叛乱；另一是命令各地藩主每隔一年到江户来朝觐德川将军，以表示对幕府的忠诚，这一制度开始于江户初年，确立于1635年。各地藩主一般都是沿着"五街道"来到江户，昔日的旅行，绝非今日这么的便捷和舒适，单程大抵都要花费几周甚至几个月，藩主的出行，也颇有些派头，随从辎重达上百人，昼行夜宿，一路浩浩荡荡，于是在各街道上，设置了若干个驿站，日语称之为"宿驿"，供行路人员住宿休憩。以东海道为例，这样的驿站，从江户到京都，共有五十三个，草津是第五十二个，下一站就到了京都。"本阵"一词，原来的意思是作战时某路阵营的最高指挥官驻扎的地方，江户时代演变成了各藩主或幕府的官员在旅途中下榻的客栈,说得通俗一点,就是只对要人贵客开放的高级招待所。每个设置驿站的地方,除了"本阵"之外,还有级别稍低的"肋本阵"("肋"在日语中有次要的、辅助的意思)和供一般随员和旅行者居住的旅馆,过去叫"旅笼","笼"是笼筐的意思,过去的客栈中用来盛放喂马的饲料等。1843年时,草津有两家"本阵"、两家"肋本阵"和七十二家"旅笼",想来也相当兴盛。

我最初知晓"宿驿"或"本阵",是在1997年的秋天,那次去访问爱知大学,主人带我们去参观了位于丰桥市东南面的二川宿本阵资料馆,我由此才获得了东海道宿驿的知识。二川宿驿是第三十三个,规模较草津略小,1820年时有"本阵"和"肋本阵"各一,明治以后大都毁坏,1985年,原先"本阵"房屋的所有者马场八平二捐出了所有的遗迹和土地,翌年开始由丰桥市政府出资对其进行了修复,并同时建造相关的资料馆,在1991年8月对外开放。那次因为随着主人参观,虽有大略印象,却未及细细观察。

这次从草津车站出来后,拿着地图独自往南行走,穿过高架路下的隧道,在一处现代的楼房边见到用石块垒起的高地上竖立着一座木制(据说以前是铜制)的灯座,以石柱做基石,上面刻着往左为中山道,往右为东海道,原来草津是当年两条"街道"的交汇点,从不同方向去"参勤"的藩主都会在这里歇息,较之一般的"宿驿",就更为热闹了。然而时过境迁,"参勤交代"制度在江户末年废除,当年旅店鳞次栉比的繁华景象自然也不复存在,幸好1635年开始由田中七左卫门经营的一家"本阵"得以完整地保存下来,如今成了"国定史迹",是现存本阵中规模最大的一家,得到了良好的修葺和管理,向公众开放,门票成人二百四十日元。

从外观上看,整个"本阵"建筑并不显得突兀,与周边的房屋几乎融为一体。沿街的一面用不施油彩的木栅栏围起来,入口处有一个黑瓦屋顶的门楼,在我看来,"本阵"的建筑风格自然有日本的韵味,但大体上接近宋代的模样,外观上绝无飞檐翘角画栋雕梁,外层用白色的灰浆涂抹,灰黑色的屋瓦,木门木柱均不施油彩。走入门楼内,有一株精心修剪的苍松,未必是当年的原物,但也有上百年了,底下是各色青葱的植物。迎面正屋的两侧,各有一个上有人字形屋檐的白灯笼,绘着黑色的圆形纹样,显得古朴而庄重。

整个"本阵"大约有三十余间房间,其屋宇的构成并不是我们中国传统的呈中轴线的一进二进三进,而是整个的连成一片,自然也无正房厢房的区别,在一个高出地面的"式台"处脱鞋,进入玄关广间,往里是用隔扇或纸糊的格子移门分成的若干房间,均是榻榻米,隔扇上有花卉的图案,传统的日本式房屋,并无特别的卧室,从壁橱内取出卧具即可作眠床。藩主或要人一般在里间栖息,"上段间"有些考究,可悬挂画轴和放置插花。西侧的墙垣边,种植了一些树木花卉,最里侧有一个稍有规模的庭园,地面是白色的沙砾,绿树之下有几处叠石,苍苔斑驳,一片娴静,拉开移门,即可闲眺园内的景物。有趣的是,"本阵"内有相当大的空间是烧水房、厨房和御膳所。厨房以前是夯实的泥地,靠墙排列着一大排灶头,约有五六个,想来也是,这么多的贵人和随员,吃饭是第一等的大事。庭园边,还有一处"汤殿",是供贵人洗澡的地方,铺着榻榻米的四帖(约八平米)大小的空间,是更衣处(日语则直白地称之为"脱衣场"),里面铺着地板的空间就是洗浴间,一个硕大的犹如水缸般的木桶,主要用来浸泡身体,旁边还有若干个小木桶,用来洗涤。日本人的喜爱沐浴和干净,在全世界都有些声名,出门在外,也不愿懈怠。近代以前,日本人几乎完全不使用桌椅,用膳也都是席地而坐。这处"本阵",非常完整而真实地再现了江户时期日本中上层阶级旅途中的日常生活场景,整个建筑得以完好无损地保存下来,真的是十分可贵,"国定史迹"确实有它的价值。

我后来检出保存多年的当时参观二川宿本阵资料馆的资料和照片,可看出其房屋的基本构造和格局,与草津的"本阵"大同小异,二川宿的"本阵",因是后来复原的,文物价值不及草津,故未获得"国定"的地位,只是"市定史迹"而已。

草津的"宿驿"虽然很可一观,但周边的景象,江户的气息已经很淡了,昔日的那条东海道,虽然还有些"道灌藏"等旧时的酿酒作坊,但新建筑也占了一半,且电线杆上布满了粗细不一的电线,几乎遮蔽了旧式的街灯,玷污了蔚蓝的天空。就我的足迹所及,三重县龟山市的一个名曰"关"的小镇,东海道上的第四十七个"宿场町",倒是相当完好地留存了当年的风貌。

2011年元旦不久后的一天,我从神户出发,先坐车到了草津,再换乘草津线到三重县的柘植,电车行驶在有些荒僻的山野间,在柘植站等候去关的电车时,天空竟然飘起了冬雪,白色的雪花随风曼舞,大气中瞬时充满了清冽的寒意。到了关的时候,雪花早已不见踪迹,云絮也渐渐散开,还露出了几许晶莹的蓝天。我不知道是该感到兴奋还是寂寥,整条街上,几乎就我一个人!

关在以前称为"铃鹿关",为古代日本三大关隘之一,是东海道上的第四十七个宿场町,江户时期是各路藩主参勤路上的一个重要驿站,前往伊势神宫参拜的民众也多在此打尖住宿,因而形成了一个主街约一公里多的市镇。从车站出来,没几步就到了街上。这真是一条像极了江南小镇的老街,迄今仍完好地保存了两百余幢江户至明治初期的老屋,放眼望去,我仿佛置身在无人的屯溪老街或南浔古镇上,只是房屋的外貌和旧街的格局更逼近当年的原生态,两层居多,也有纯然的平屋,鲜有粉墙,沿街大都是木板木窗,全然没有油彩,虽有些风雨剥蚀的沧桑感,但都修饬得洁净齐整,甚至让人觉得纤尘不染,路面是现代的沙砾柏油路,稍稍泛出一点红色,电线等都被埋在了地下,乍一看,完全是昔日江户的风情。大部分的民居和商家都掩上了门,但家家户户都挂上了门松,这是日本人迎接新年、除厄纳福的装饰物,也有的在门松之外,还在门户的两侧各置一个钵体,装饰性地插放了三枝顶端剖成斜面的竹子,同时种植着一些松枝和其他观叶植物,也是迎新祈福的意思。这在楼厦林立的大都市,怕是难得的风景了。

沿街的房屋,除了一些民居外,有的挂着"旅馆 御茶新"的木牌或是"旅人宿 石垣屋"的布帘,显然是供人下榻的民宿或小旅馆,有一家门前摆放着新鲜的水果和蔬菜,这应该是供当地人消费的。我看到一家门前挂着一块不规则圆形的木匾,上面写着"桶重",里面亮着灯光,拉开移门,果然是一家手工制作木桶和竹筒的铺子。木桶和竹筒,现今的日本人已很少使用,但传统的仪式上,还屡屡见到它们的身影,夏天盂兰盆节的时候,人们往往提着木制的水桶,怀抱一束鲜花,去祭扫祖坟,木桶里的水,就是用来擦洗坟前的石碑。在一切机械化的今天,手工制作的木桶,想来价格也不菲。还有一家骨董(写的是"骨董"而不是"古董")店名曰"琵琶屋",不敢贸然踏进,只在门外张望了一下。有一家"吃茶 田中屋",好像没有开张。"关老街资料馆"开着门,亮着灯,陈列着各种相关资料和实物,却并无管理员,任人随意进出浏览,这在日本的很多地方是一个普遍的现象。沿街还有一个"百六里庭",是一个居民共同参与筹划设计的小庭园,修整或复建了几处江户风格的老建筑,安置了几张长凳和饮水点,还有一个"眺关亭",算是一个登高望远处,也就三层楼高,倒是可以望见屋宇之外绵延起伏的山峦,郁郁苍苍。到了春天,新绿一定非常养眼。

街的西头,有一家寺院曰"福藏寺",是战国时代的武将织田信孝(织田信长的三男)的菩提寺,山门内外,有几株或挺拔或树枝虬曲的青松,增添了几分肃穆气。寺内立着一块硕大的石碑,镌刻着"历史之道 旧东海道关宿",提醒人们这里昔日的历史地位。不知这里是否有过"本阵",如今已无旧迹可寻。街的东边,一幢纯然江户风格的老房子的黑瓦上,竟然竖着"百五银行"的店招,下面门边的格子窗上有"关支店"的字样。说实在的,若没有这样的文字,实在想不到这竟然是一家现代的银行。不过依然是店门紧闭,杳无一人,仿佛是一家歇业的博物馆。

作为东海道上重要驿站的关,我虽然没有找到"本阵"那样有规模的大型客栈,但在老街上还散落着多家具有昔日遗风的旧式旅店,在那"参勤交代"的岁月,想必生意也相当的隆盛。如今的关,且不说东海道新干线与它根本无缘,连东海道主线也与它擦肩而过,交通节点的功能已不复存在,其受到冷落,多少也有点无可奈何了。让我深有感触的是,这个古镇保存得多么完好啊!春风和煦之时,或夏日的傍晚,在这里随意漫步,感受时空的交替穿梭,又该是多么惬意啊!我去的时候是冬日,也许樱花初绽、荷风熏香或红叶灿烂的时候,一定会有许多怀旧的游客来此地寻求别样的浪漫。顺便说及,这样的古镇,在日本都无须购买门票(他们还没有想到可以围起来收门票),绝大部分的寺院,也都对公众开放,这些,都是公共资源。

四十来年前,少年的我曾读过普希金的短篇小说《驿站长》,具体的情节有点记不得了,但我由此知晓了俄国也有驿站。说起驿站的历史,中国无疑是最古老的国度之一,但其旧迹,差不多都已荡然无存,不要说踏访,恐怕连凭吊的遗址也很难寻得了。想到这里,我不由得一声长叹。

2016 年 3 月 24 日

离宫的秋色

也许是其本身的价值,也许是 1930 年代来日本的德国建筑家布鲁诺·陶特(Bruno Taut)的鼓吹,在全世界声名最为卓著的日本古典庭园大概要算京都西北郊的桂离宫了。此外还有两处很可一观的皇家苑囿是修学院离宫和仙洞御所。因这三处园林现在归宫内省主管,并不对外售票开放,必须事先通过网上(以前是信函)或是直接前往京都御所内的宫内省事务所预约。2010 年 11 月,我正在神户大学任教,与友人一同去游览京都御所,于是预约了上述三家苑囿,幸运的是,一周之后即可获准入内,虽然日期各有不同。

首先去的是修学院离宫,在京都的东北郊,比叡山下。17世纪中叶，后水尾上皇（所谓上皇就是名义上已经退位实际上仍是皇室的中心人物）提出要在比叡山麓建造一所离宫，在获得了江户幕府的财政资助后，于1659年落成。就面积而言，大概是我所参观的日本园林中最大的一处，占地五十四万五千平方米，分为上离宫、中离宫、下离宫三处庭园，沿比叡山西侧的缓坡修建，并将山上流下的涧水蓄积成一个池塘，天光水色，山林田野，其浩大的景象，就不是一般布局小巧的私家庭院所能比拟了。

入内的时间有明确的规定，每一组五十人，前面有一位上了年纪的导游，口才甚佳，一路不断进行着详细的讲解，另有一人断后，负责游客队伍的行进，不允许有人私自乱走。这样的安排，对于参观者最大的好处，就是永远不会有熙熙攘攘、人头攒动的喧阗，登高远眺，几乎都不见一个人影，然其弊病是无法一人独自闲走，随意徜徉。

进入离宫，有一物让我欣喜陶醉，有一景使我讶异万分。让我欣喜陶醉的是红叶。苍松翠柏之间，各色枫树都进入了最佳的观赏期，或鹅黄、或金黄、或橘黄、或亮红、或艳红、或朱红，传说中的京都红叶，竟然是如此的色彩斑斓，加之那天天气也无懈可击，蔚蓝的长空上有一些云絮漂浮，空气中氤氲着秋日草木的芳香，石板路上，落叶缤纷。使我讶异的景象是,离宫内竟然有广袤的田亩,也就是稻田和菜园,稻田已经收割,菜园上则有三两农民在忙碌,这些农田已由宫内省买下,与附近的农民签订租种契约,如此的田园风光,全世界的皇家苑囿内,恐怕也是绝无仅有。

离宫内,也完全没有诸如中国的故宫、法国的凡尔赛宫、英国的白金汉宫、德国的夏洛滕堡宫一般的壮伟建筑,这里的房屋,全然不见巨大的石块,且摈弃了一切砖瓦,几乎所有建筑在外观上都只是木结构的茅屋,不识者还以为是普通的乡间民宅。下离宫的主要建筑"寿月观",为日本传统的"书院造"格局,最外面的"缘",勉强可译为檐廊,木板铺设,距离地面约三四十公分,冬日可在此负暄,夏季可在此纳凉,格子门内是榻榻米的房间,与一般民居似乎并无异样。中离宫的主建筑"乐只轩",取《诗经》中"乐只君子,万寿无期"之意,外观上虽然也是茅屋,却要比"寿月观"考究些,屋脊有纹饰,隔扇上也有图绘,但总体感觉依然是相当素朴,气象格局上,难以与德川将军在京都下榻的二条城相媲美。平安时代末期(13世纪)以后,天皇大权旁落,幕府将军成了实际的统治者,皇室宫闱,也只能在幕府手下讨生活了。

修学院离宫中,精粹都在上离宫。从御成门进入后,向右折入山道,沿长满了苍苔的石阶往上走,土坡上有一建筑曰邻云亭,这里的亭并非欧阳修所说的"有亭翼然"的那种仅有梁柱、四面敞然的凉亭,而是一组建筑,原物已经烧毁,现建筑是1824年重建的,也有近两百年了。此地海拔稍高,可一览整个上离宫的景象,利用山间的溪流而修筑的浴龙池,整个地展现在眼前,广大的水面上筑岛三个,分别曰中岛、三保岛、万松坞,有桥相连,其中最有风姿的是千岁桥,有如中国的廊桥,一端的屋顶上还饰有一个造型别致的金铜凤凰。中岛上有一组建筑曰"穷邃亭",是离宫内唯一当年留下的原物。从邻云亭上放眼望去,景象绝佳,水光波影之外,周边绵延起伏的山峦,层层叠叠,依次在眼前展现,绚烂的枫叶夹杂其中,风朗气清中,犹如一幅壮丽的画卷,离宫内的树木,大抵皆经过修剪,造型秀美。浴龙池一隅的荷塘,荷叶早已残败,寒秋之中,竟有几分颓废的美。

五年之后的春夏时节,我在京都大学的修学院会馆居住了五个月,傍晚散步,也会走到离宫前,当然都是大门紧闭,虽然近在咫尺,竟然一次也无缘入内,不然里面的新绿夏荷,一定也是很动人的。

之后又去看了桂离宫,依然是秋高气爽的晴日。我最初知晓桂离宫,是源于二十来年前在早稻田旧书店买到的德国建筑设计家布鲁诺·陶特写的一本书《日本美的再发现》，其中有一篇《永远的桂离宫》，读后印象十分深刻，由此萌发了欲往一访的念头。后来询问了不少日本人，自然人人知晓桂离宫，但竟然没有一个人曾经去过，原因就是无法轻易入内，据说本国人预约的抽中率很低。我很珍惜这次机会，绝对不可迟到，否则也许会抱憾终生。

桂离宫的占地面积，大约只有修学院离宫的八分之一，是一种让你在有限的空间中感觉到无限境界的精巧庭园。17世纪上半叶由皇室的智仁亲王创建，经数十年的经营才最后完成，可谓是日本最早的廻游式庭园，中间是一个岸线曲折多变的池塘，池中有数个小岛，池畔散落着诸如松琴亭、赏花亭、笑意轩、月波楼等茶屋，这边的建筑，基本格调仍然是"书院造"，又汲取了许多"数寄屋"的元素，所谓"数寄屋"，是一种草庵风的建筑，房屋的柱子不用加工后的角材，而是连着树皮的整棵树干，墙面也用泥糊，屋顶自然是茅草铺设，故意表现出一种乡野气，这也是王公贵族的一种玩法。连接各处的石板路，也弄出了不少花样，其中一段是模拟楷书，用切割得比较工整的石块叠合在一起，犹如书写中的楷书，另有两段则分别模拟行书和草书，石块的形状灵动活泼，这也真是有闲阶级才有的"玩心"。

原本我们应该从中门进入参观的,但实际的路线则被安排成从中门出来,若从中门进入即可接触到庭园的精华所在。当年从中门进入的陶特这样写道:"我们穿过了中门,终于来到了御殿的前院。起初玄关被高高的树篱遮挡了,没看见。走了几步后,由不规则的石块铺设的道路带着些庄严的神情弯弯曲曲地通向素朴的玄关。宽广的玄关,简净至极,纤尘不染,却具有端庄高雅的品位。"这里连在一起的一组建筑分别是古书院、月见台、中书院、御新殿等,就内在装饰和里面书画作品的价值而言,也许在修学院离宫之上,在中书院的隔扇和壁面上,分别绘有江户时代著名的狩野派画师狩野探幽的《山水图》、狩野尚信的《竹林七贤图》、狩野安信的《雪中禽鸟图》等,在今天都是国宝级的作品了。比较有意思的是月见台,"月见"是个日语词,就是我们的"赏月",月见台是将原本的"缘"延伸成一个木板搭建的露台,贴近水岸,据说夏秋之日,在此观赏明月,一勾新月或是一轮圆月,从树丛中或楼阁上冉冉升起,高悬中天时,在水中投下倒影,正是所谓"清风徐来,水波不兴,举酒属客,诵明月之诗",感觉应该相当不坏。就庭园和建筑而言,桂离宫更可玩味。

坐落在京都御苑内的仙洞御所,是 1627 年为营造修学院离宫的后水尾上皇所建造的,本来的名称是"樱町殿",现在通用的"仙洞"一词,意象也是来自中国的道教。仙洞御所内原有的建筑,后来大都被烧毁,也没有再复建,后来虽然与大宫御所合为一体,但后者仍为今天的皇室在京都下榻所在,我们一般能看到的,就是庭园部分。说实在的,那天特别吸引我的,与其说是庭园本身,不如说是园内绚烂的红叶。修学院和桂离宫内已见到了此生所寓目的最美丽的红叶,但仙洞御所的红叶更让人震撼,更多的不是单株的枫树,有时是连续的几株,形成了小片的枫树林。园内也有一个池塘,池水清浅,分成南池和北池,中间由红叶桥连接,那天阳光灿烂,在明丽的秋日的照射下,团团簇簇的红叶透发出鲜艳的光晕,投在水中的倒影和漂在水面的落叶,让我生发了迷幻的感觉,幸好有照相机,留住了当时如梦一般的光景。

我暗暗庆幸自己运气不错,不仅有机会观赏了这三处皇家苑囿,且都赶在了美丽的红叶季节,由此对日本人的审美意识,也有了实际的体味。不仅是王公贵族会优游岁月,凿池筑桥,一般的民众也酷爱自然,喜欢莳花弄草。我曾在长野县上田市的郊外乡居一年,北窗外是一户农家,小小的院落,收拾得整洁可爱,四季都栽植着一些花卉,几棵树木修剪得风姿绰约。随便走过住家或商户,尤其是咖啡馆吃茶店,门前必定摆满了色彩斑斓的各色花卉,每每使我驻足留恋。1859年曾在长崎担任过英国领事的荷吉逊(C. P. Hodgson)在她的《长崎信札》中写道:"每家店铺都有一个美丽的小庭院,种着几棵修剪整齐的枞树、杜鹃和百合等,而且在小小的池塘中栽植着些水生植物,池中央有一股泉水喷涌上来,有很多的锦鲤在游泳。这使我感到十分的欣悦。因为由此我知晓了他们具有一种可说是精致的趣味,不是我原先所想象的那种野蛮人。"年轻时在日本差不多待了十年的郁达夫后来在《日本的文化生活》中写道:"日本人的庭园建筑,佛舍浮屠,又是一种精微简洁,能在单纯里装点出趣味来的妙艺。甚至家家户户的厕所旁边,都能装置出一方池水,几树楠天,洗涤得窗明宇洁,使你闻觉不到污秽的熏蒸。"这大概就是日本人"菊花与刀"中"菊花"的一面吧。

2016年4月27日

这里是日本吗？现在是——冲绳散记

从那霸的国际大街向南折入市场中央街，就来到了颇为出名的"第一牧志公设市场"，虽然规模没有原来想象的那么盛大，但整个气氛明显地有些异样。市场内出售的基本上都是食品，除了少量鱼鲜外，最夺人眼球的，就是大块的猪肉和硕大的猪头，还有洗净煮熟的大肠，这在日本本土是难以想象的风景。日本自8世纪中叶起，因历代天皇信佛戒杀生，就一直忌食哺乳类动物，也从来没有像样的饲养业，中上层社会都禁食猪羊牛甚至鸡鸭，山村野老偶然捕获到野猪山鹿，也会偷偷食用，但却见不到家猪的身影，直到近代以后西洋文明的传入，才有肉牛的饲养，继而家猪也在日本本土登陆，但即便如此，今天的日本人,依然不食猪头和大部分的猪内脏。但琉球诸岛,在10世纪左右出现农耕文明之后,就开始有了家畜的饲养,猪肉是当地人最重要的肉类,用当地所产的蒸馏酒"泡盛"加酱油炖煮的红烧肉,是整个冲绳最出名的佳肴,其形态和滋味,与中国的红烧肉也极为相似。

市场内还摆放着一种名曰"豆腐糕"的食品,一位年近五十、有些胖胖的女摊主热情地叫住我们,让我们尝尝滋味,一品,才觉得这味道跟中国的乳腐差不多,只是它有的用陈酿的泡盛酒一起浸制,有些酒香。我告诉她,我们来自中国,这市场的氛围,跟中国很像,豆腐糕的味道也类似中国的乳腐,这女摊主听了以后,脸上绽放出更灿烂的笑容,她说,对呀,琉球本来就跟中国是一体的,后来萨摩藩来侵略(她明明白白用了"侵略"这个词),才归了日本,说着,赶紧用手捂住嘴轻声说,这些话可不能让日本人听到了。仿佛她自己不在日本人之列,可她向我们说的,却是纯粹的日语。我们听了会心一笑,大家开开心心合了个影。

第二天一早去看首里城。首里城是当年琉球国的王城,始建于1470年。14世纪时,在现在的冲绳本岛上形成了中山、山南、山北三个国家。1372年,岛上最强势的中山王察度,知晓西边大陆有一个庞大的中华帝国,首次向成立不久的明王朝派遣使臣朝贡,洪武帝朱元璋就派了册封使杨载册封察度为琉球国王,这是琉球与中国正式交往的开始。1392年,受朱元璋之命,福建一带有三十六姓(蔡、陈、郑、林等)等较有知识和技能的中国人移居到琉球的久米村。1429年,尚巴志统一三山,琉球国宣告成立,此后一直至清王朝同治帝的1866年止,中国共派了二十四次册封使来琉球,至于琉球来朝贡的次数就更多了,以致朝贡成了一种贸易。来自中国的册封使,就下榻在首里王城南面的识名园里。1945年,首里城在美军冲绳登陆战中被烧毁,1957年以后着手重建,至2000年大部分都已复建,并被列为世界文化遗产。

首里城的正式入口,是守礼门,称不上很宏伟,仿照中国的三间牌楼样式建造,朱瓦红漆,显得喜庆祥和,就像我在厦门南普陀寺前看到的牌楼一样,正中门匾上有四个汉字"守礼之邦"。首里城的王宫部分,需要购票入内,我们去的那天,正殿的两端,好像还在修葺,但依然可看清正殿的全景,就琉球这一弹丸之地而言,宫殿建筑还算雄伟,正殿呈中国重檐歇山顶样式,正门却是诞生于日本镰仓时代的"唐破风"形态,上层屋顶的两端和正门上端的图绘以及两边的门柱上,都雕刻和绘制了金色的游龙形象,不过这边的龙爪只有四个,比中国朝廷的龙爪少一个,以示琉球乃中国的属国,且正殿不是面南而是朝西,以表示琉球王室朝向西边的中国大陆。正殿内国王的御座上方有一块红底金字的大匾,上书"中山世土"四个大字,我注意到了左侧有几个小字"康熙二十一年秋八月"。是,自受到中国的册封起,琉球一直使用明清两朝的年号和汉字,直至被强行并入日本的版图。

据琉球1701年成书的《中山世谱》的记载,1392年,朱元璋下令派遣具有较高知识和技能的福建三十六姓人士(具体人数不详,应该有数百人,除闽人外,还有不少客家人)移居琉球,以推动琉球社会文化和经济的发展。这批人后来集居于首里的久米村,世称久米三十六姓,其中较为出色的大概是蔡姓,不仅将中国大陆的先进工艺等传到了琉球,琉球的许多史书也是这些汉人或其后裔用汉文撰述的,1682年出生的蔡温曾经官至相当于宰相的三司。他们的子弟,也是自幼诵读四书五经,于是怀念故土,祭祀先祖,1676年在首里附近的泉崎建造了一座孔庙,称为"至圣庙",除了尊崇孔子之外,还立了颜回、子思、曾子、孟子的像,不仅使汉人的后裔时时记得自己的文化根脉,余泽所及,还影响了不少当地的琉球人。可惜这些建筑在1945年间美军攻占冲绳的战争中遭到毁坏,原址也在后来被辟建为国道(这里置放着蒋介石赠送的一尊高大的孔子像),1975年重建时,只得移址至离波上宫不远的天尊庙旧址,由三十六姓的后裔组成的久米崇圣会来负责日常的管理,经常在此举行诸如"汉诗创作""孔子塾""久米村的祭祀礼仪"等讲座。2011年11月我曾去踏访过,占地甚广,大门曰"至圣门",顶部为黄色的琉璃瓦,朱门,入内是宽阔的草坪,正面是大成殿,并不宏大,单檐歇山顶,端庄朴实,无飞檐翘角之态,里面的塑像都是新的,整体上缺乏历史的厚重沧桑感。这毕竟是战后重建的,不宜苛求,它的存在,只是要向世人述说琉球有过这样的历史和这样的文化命脉。

从地理上来说,琉球群岛处于东亚大陆南部和东南亚至日本列岛的连接点上,受季风和黑潮海流的影响,历史上琉球与日本应该也有交往。1609年,江户幕府刚刚建立不久,位于九州最南部的萨摩藩(大致相当于今天的鹿儿岛县)的藩主岛津氏率领三千兵员进攻琉球,迫使当时的尚宁王降服求和,这就是卖豆腐糕的女摊主所说的"萨摩侵略"。在以后两百多年的江户时期,在萨摩藩的要求下,琉球曾派遣了十八次"谢恩使"和"庆贺使"前往江户,以表示对日本的臣服。萨摩藩在琉球也一直有派驻机构,在日本的锁国时代,萨摩藩曾通过琉球兴盛的海外贸易从中获得了一定的经济利益。明治时期的1879

年,日本经过多年的软硬兼施,最后用武力强行将琉球正式归入日本的版图,并改琉球为冲绳县。

中国自秦汉以来,就一直以天下的中心自居,周边的小国,只要不在边疆扰动,名义上归顺中华,一般不会用武力干涉,汉民族的王朝,对疆域的拓展,似乎也一直没有很大的兴趣,更遑论海外。日本在1854年被美国敲开了国门后,就醒悟到了疆土扩展和海洋的重要性,先是将没有主的北海道纳入怀中,继而向南占领了弱小的琉球,当负责"处分"琉球的内务大丞松田道之带了五百六十名警察和步兵逼迫国王尚泰归顺时,琉球的父老都翘首盼望着清王朝能派兵来拯救他们,可满清王朝一方面自顾不暇,另一方面,当时的中国人也实在没有海洋意识,竟然对日本的行为置若罔闻。日本人拿下了琉球后,心里还一直有些不踏实,1879年,美国的下野总统格兰特来远东游历,就请他来斡旋此事,得出的一个折中方案就是以琉球群岛的宫古岛为界,以北归日本,以南归中国,结果中国还是没在该调停案上签字,不然,至少包含宫古岛在内的琉球群岛的南半部都应该在中国的版图内,如此,哪里还有什么钓鱼岛的问题?1943年的开罗会议上,罗斯福曾询问蒋介石战后将琉球交由中国处理如何,蒋介石也不敢贸然接话。1945年4—6月间,美军以伤亡近三万人的代价,艰难攻占了琉球,之后自然不愿让中国插手琉球,而不久中国大陆也爆发了内战,国共双方均无暇顾及这片群岛,以致酿成了如今的现状。

我曾与原住民出身的琉球大学的教授和冲绳南风原町文化馆的馆长有过私下交谈,从中得知,冲绳人对于日本的感觉其实是很复杂的,经过日本人一百多年的统治,整个冲绳基本上已经日本化了,冲绳的土著语言基本上已经消亡,冲绳人基本上也建立起了日本人的文化认同,今天的冲绳不可能再回到琉球,如今日本政府对冲绳也比较尊重其原有的文化,除了美军基地带来的骚扰外,冲绳居民对日本本土也并无太大的不满。那霸的国际大街上,除了以招徕游客为主的冲绳料理外,还可见到日本风格的意大利餐馆和牛排馆,日本历史最悠久的三越百货公司也早已在那里开出了豪华的门店。当地媒体也罢民众也罢,所使用的语言文字,除了日语还是日语,与市场上的猪头、首里城内的汉文汉字游龙图像以及孔庙一起交织成了一幅奇异的图景。这就是现在的冲绳。

2011 年 2 月 18 日初稿,2016 年 4 月 17 日增补修改

神保町的旧书店街

对于现今的我来说,东京最富魅力的地方大概是神保町的旧书店街了。

在我的一生中,从未感受过中国旧书店的魅力。琉璃厂的书香,只飘荡在昔人的回忆里,上海四马路的旧书店,据云也曾兴盛一时,余生也晚,未能躬逢其盛。如今上海古籍书店特价部售出的折扣书,都是库存的积余,算不上真正的旧书,已经消失的文庙旧书市,也只是一个每周一次的小小的集市而已。

1992年我曾在早稻田大学访学一年,那里的旧书街也很有名,不过其时我自己的学术方向未定,相对而言也囊中羞涩,虽然也常去闲逛,但大抵都买一些廉价的文学作品,一两百日元即可买到一册川端康成等的作品集。后来也常去东京出差,发现神保町一带的旧书店街更加迷人。

神保町不是一条街,而是一个地名,以其为中心的东西走向的靖国通(所谓"通"就是大道、大街之意)两侧(主要是南侧)和南北走向的白山通两侧以及附近的一些小巷内,总共集聚了百来家旧书店,如此的规模,大概在全世界也是绝无仅有的。它最初的形成,肇始于周围各式学校(如今的明治大学、日本大学、专修大学等)兴起的明治后期(1890年前后),在大正后期(1920年前后)逐渐形成了与今日相仿的规模。靖国通上,"清雅堂""源喜堂""崇文庄"等各色旧书店鳞次栉比,不少还是专门书店,如"大岛书店"主要售卖洋文书,"大屋书房"的重点在于江户时代的旧书和各色浮世绘、古地图等,"庆文堂书店"主要出售历史、考古和民俗类的书籍,"明伦馆书店"里大都是自然科学方面的书刊。门口摆放的,相对是价格较为低廉的书籍,两三百日元,也可淘到自己的心仪之物。每次在此徜徉,一晃之间半日的光阴就迅即逝去,其结果是两手提着的书袋子越来越沉重。

一次在"泽口书店"购书,获得了意外的惊喜,我大概购买了将近四千日元的旧书,店员给我一张饮料券,说在东侧刚装修好的新馆内,可凭此小憩,于是到了新馆将饮料券出示给一位年轻女店员,她问我喝热咖啡抑或冰咖啡还是果汁,我说热咖啡,于是她给了我一个密封的颇为精致的小纸杯,亲切地指示说二楼有一个小型咖啡座,用此放在出水壶内,可滴渗出热咖啡。我实在是"洋盘",都不知道该如何使用,一脸懵懂地上了楼。二楼出售各类美术电影类的书刊,临窗的空间,放置了几个咖啡桌和高脚椅,空无一人。我找到一侧的出水壶,见有一个可放入纸杯的固定空间,于是放入纸杯,在其底下放上一次性的杯子,盖上热水壶,果然几秒钟之后热咖啡就汩汩而出,这样滴渗出的咖啡,犹如当场现煮的,香气馥郁浓烈,壶旁有一次性的搅拌器和奶精、袋糖等,可随意取用。我端着咖啡坐到了桌旁,悠然望着窗外车水马龙的靖国通,听着书店内低声播放的优雅的巴赫,一路行走的疲惫顿时消失殆尽。

旧书的价格,高低不一,最低的一百日元,高的可达几万日元,全凭它本身的价值和市面上的流通量。一般而言,畅销书价格很低,学术书难以跌价,书店老板都是行家。日期久远的未必贵,新版的书籍也未必低廉。我曾在神户的旧书店内购得1918年版本的德富苏峰的《支那漫游记》和1927年版本的后藤朝太郎的《支那行脚记》,还有硬板封套,都不过三千日元而已,1938年版本的内藤湖南的《支那论》(此书在2013年由文艺春秋社出了新的文库本,售价一千四百五十八日元),记得只有两千五百日元,而2013年出版的《大战间期的对中国文化外交》一书,则要九千五百日元(原价一万一千日元,这是我买过的最贵的旧书)。至于书的优劣,全凭购书者个人的喜好和欲求,绝无统一的尺度。2015年1月一个寒风萧索、华灯初上的傍晚,在神田古书中心外昏暗的书摊上,我找到了增田涉的《鲁迅印象记》、内山完造的《回忆鲁迅》以及《内山完造传》,都只有三百日元,这几本书,我早有完整的复印件,可是面对原书,还是喜不自禁,立即买了下来。还有一册曾任中华民国行政院长的张群的回忆录《日华风云七十年》,我早就听说已在台湾出版,但中文本不可得,日译本也聊可一读。

日本稍有名望的文学家或学者,大抵都有全集问世,总数约有几百种之多,印数多的,现在的售价都跌到了令人惊愕的地步,夏目漱石或芥川龙之介的旧的版本,煌煌十几或二十几卷,一两万日元即可获得,中国人颇为熟悉的二十六卷本的吉川幸次郎全集,只卖到九千日元,我看到这一价格时,内心涌上的不知是欣喜还是悲哀。我实在是无力携带。在早稻田旧书街,我还曾以一千五百日元的低价购得一套九成新的五卷本的《木下杢太郎日记》。诗人、医学家木下杢太郎1916年至1920年曾在奉天(沈阳)担任医学教授,撰写了《大同石佛寺》《支那南北记》等,他与中国的关系,也是我一直感兴趣的。

如今日本所有商品都要百分之八的消费税,唯有旧书是免税的。在纸质图书日益受冷的今天,日本的旧书店竟然还有如此的市面,真令人艳羡不已。

2015年8月18日

由佩里纪念公园所想到的

2015年1月一个风清气朗的冬日,我从东京的日暮里车站乘坐山手线并转乘京急线,前后花了将近两个小时,来到了神奈川县横须贺市的久里滨。我来到这个颇为偏远的地方,不是为了访友或参加什么活动,而是专程来看一下这里的佩里纪念公园。

佩里(M. C. Perry)对于中国人而言不算一个很熟悉的名字,但在日本家喻户晓。作为当时美国东印度舰队的司令,于1853年和1854年两次率领涂上了黑漆的、部分具有蒸汽机动力的军舰(日本史称"黑船"),以武力为背景打开了日本的国门,由此结束了长达两百多年的日本锁国时代。此前,美国为了获取在东亚的权益,在鸦片战争之后不久的1844年,迫使中国签署了内容大抵与《南京条约》相近的《中美望厦条约》。中国人大概都不清楚是谁代表了英国或美国与清王朝的中国签署了这样的不平等条约,更遑论为他们建造纪念公园。可是,日本人却在当年美国海军最初的登陆地点,在土地资源稀缺的东京湾一侧,为这样一个武力来犯者专门修建了这样一座纪念设施,想来也真有点匪夷所思了。

久里滨位于人口为四十三万的横须贺市的南部,车站附近有一些商业设施,就像大多数日本的中小城市一样,安闲而有些冷清。出车站,沿着一条人迹稀少的大道向东行走,不到二十分钟来到了佩里纪念公园。途中经过一个外墙涂成白色的小教堂,绿色屋顶上的十字架在湛蓝色天空的映衬下,越发显得宁静而深邃。教堂的兴建不知与佩里带来的西风是否有关。大道走到尽头向左拐,东侧是一片颇为开阔的海湾,水蓝色的海面与明净的碧空连成一体,四周一片静谧。面对着海湾的,是一个占地约三四亩的不算广大的佩里纪念公园。

这绝对谈不上是一个美丽的公园。树木低矮而稀疏,两侧是三四层的有些老旧的住宅楼,东北一隅放置了一些儿童的游乐设施,日本的公园主要是为儿童修建的。冬日里几乎见不到绿荫的公园中,高高耸立着的佩里纪念碑格外醒目。这一纪念碑是1901年由美友协会建立的,花岗岩的底座上矗立着一大块具有天然纹理的巨石,上面用汉字书写着"北米(美)合众国水师提督伯理(日文的汉字译名)上陆纪念碑",出自伊藤博文的手笔,背面刻有英文,底座前面是一幅石刻的世界地图,标示着佩里舰队自美国来到日本的航路,还有日英两种文字的说明,上面写道:"1853年7月8日,来到浦贺海面的美利坚合众国东印度舰队司令佩里在此地的久里滨海岸登陆,将总统菲尔摩尔的亲笔信递交给江户幕府,翌年在神奈川缔结了日美两国之间的友好条约,这一系列的事件成了将幕府统治下的锁国状态的日本拉回到世界的原动力。"这一评价不可小觑,它集中表示了日本人对佩里和美国这一军事举动的认识。德川家康1603年开创了江户幕府后,觉得16世纪后半叶西方传教士的登陆和由此传来的大航海时代以后的西洋文明搅乱了日本的传统社会,于是逐渐推出一系列海禁政策,最后除了留出长崎一隅与中国人和荷兰人做贸易外,禁绝一切外国人上岸和日本人出洋,甚至不允许在海外居住五年以上的日本人回国,视金发碧眼的西洋人如洪水猛兽,怕他们会动摇了德川家族的统治,这就是被后人称为锁国的时代。也因此,除了极少数的领域外,日本与世界暌隔了两百多年。佩里的举动,明显带有军事侵略的含义,但后来的日本人却认为它"成了将幕府统治下的锁国状态的日本拉回到世界的原动力",言语之间,掩饰不住感激之情。

在公园的西北隅,有一座明治时期洋楼风格的两层建筑,乃佩里纪念馆,由横须贺市教育委员会管辖,内有一个管理员,无需门票,一楼的玻璃窗内陈列着当年佩里率领的四艘军舰模型,二楼是一个较为详细的陈列室,其实也无太多的陈列物,倒是展出了一封佩里致其女儿的信函,突出了佩里的慈父形象。总体的感觉是,佩里仿佛是近代日本的大恩人。

其实,上述这些对佩里以武力打开日本国门举动的认识,大抵是明治后期尤其是战后日本人的感觉。我看到过一些当时日本人所绘的佩里画像,基本上都是些负面的、反派的形象。1858年江户幕府与美英法俄诸国签署了通商条约之后,国内掀起了强烈的"尊皇攘夷"风潮,当时的地方武士并不买洋人的账,1862年萨摩藩士杀害了几个狭路相逢的英国人,并拒绝赔偿,结果遭致英国舰队第二年对萨摩的大举进攻,萨摩藩由此领教了洋人的厉害,从此表现出服膺的姿态。几乎在同时的1863年,长州藩的武士对经过下关海峡的美国商船和各国舰队贸然进行炮击,结果遭到了英美法荷四国舰队的猛烈反击,几乎轰毁了海峡边的所有炮台,长州藩由此对洋人甘拜下风。于是萨摩藩和长州藩在"尊皇"的旗帜下打倒幕府政权后,却再也不提"攘夷"的事了。明治政府成立不久,为首的岩仓具视等一批领袖到欧美去巡游了将近两年后,效法欧美文明,就成了明治立国的方向。

以后,西洋就与文明连在了一起。后来我在横滨公园内,见到醒目处伫立着一尊洋人的铜像,我走近一看,原来这是为了纪念 1871 年设计建造横滨公园的英国土木工程师布朗顿,那时这一带还是英美人的侨民区,就仿佛 19 世纪时的上海外滩公园。那时的横滨公园,主要是供西洋侨民休憩的所在,但是日本人依然感谢布朗顿,因为他给日本人带来了 public park 的概念和样板。

在濒临海湾的山下公园旁,有一幢规模不小的洋楼,1981 年被辟为横滨开港资料馆。离开了佩里纪念公园之后,在返回东京的途中,我顺道去看了一下这座资料馆。1859 年,根据上一年江户幕府与美英法俄诸国签订的条约,横滨对外开埠(日语称为"开港"),较上海等地的 1843 年的开埠晚了十六年。1879 年时,横滨有外国侨民三千六百二十六人,像当年上海的外滩一带一样,外国侨民区成了西洋文明的展示地,近代都市的雏形以及港口、产业和金融逐渐在此形成,1872 年,日本第一条铁路——横滨通往东京新桥的铁路开通,而经福泽谕吉等启蒙思想家的鼓吹,大部分日本人逐渐树立起了西洋即文明、向西洋看齐就是向文明迈进的观念,于是今天的横滨人花费了巨大的心血搜集了超过二十五万份的各种图像文字资料,建立起了这座开港资料馆,向人们展示横滨是如何从一个渔村走向现代都市的历程。这在某种程度上是为在东亚扩张的西洋人歌功颂德的纪念设施。

上述的这些景象在中国几乎是难以想象的,我们不可能在上海的外滩公园见到当年设计建造者的铜像,几乎也没有人知道今天的庐山避暑地和北戴河避暑地当初是由洋人首先发现并开发的。至今所有当年的开埠城市,都没有一个开港资料馆。时至今日,在绝大多数中国人的头脑中,近代西洋人的进入,只是一段屈辱的历史。两个东亚大国,对待西方态度的迥异,也决定了两国近代历程的截然不同,佩里纪念公园就是一个极具象征意义的存在。

2015 年 2 月 22 日初稿,2016 年 4 月 13 日定稿

京都的茶屋和茶寮

茶树在日本的广泛种植和茶的普遍饮用是在13世纪以后。大约在室町时代的1400年前后,每逢初一十五,都会有大量的信众去寺院参拜,于是就有些会做生意的人,在寺院前摆起了茶摊,一杯一文钱,当年京都东寺外的茶摊就比较有名,这是日本茶屋最早的形态。当年人们的旅行,都是靠双脚行走,日本甚至很少有骑马的,也罕见轿子,于是在一些重要的大路上(日本称之为"街道"),会有人在那里设茶摊,供人小憩。1603年江户幕府建立以后,要求地方上的诸侯(日本称之为"大名")轮番来江户参勤,于是以江户为中心形成了所谓的"五街道",即东海道、中山道和日光街道、奥州街道和甲州街道,各地的大名沿途要在数个地方住宿,于是以住宿点为中心形成了不少"宿町",人们也会在此摆出一些茶摊。17世纪以后,在江户和其他一些城镇,开出了几家茶屋,这是有固定店铺的,不再是流动的摊贩。随着江户等一些城市经济的形成和繁荣,就有些有钱有闲的人到茶屋来坐坐,茶屋为了吸引顾客,就雇了一些姿色美丽的女子来做招待,于是就出现了所谓"无内裤吃茶"那样的经营,一部分茶屋慢慢升级成料理屋,一部分茶屋则演变为色情场所,也有些是两者兼有。这样的茶屋,在江户时代非常兴盛,从一些历史上留下来的地名或许可以联想起当年的些许风貌,比如大阪有"天下茶屋""茶屋町"等,东京有"三轩茶屋""御花茶屋"等等。不过,如今都成了现代都市的格局,昔日的踪迹大多已不可寻,唯有石川县金泽市,那里还较为完整地保留了一处江户时代的茶屋街,因位于浅野川(河流名)之东,名曰"东茶屋",2001年被国家指定为重要传统建筑群。2010年岁尾,我曾在雪霁之后的上午去探访过,完全是昔日的风情,当然是修整过的,电线都埋到了地下,一色的两层木结构房子,格子窗,石板路,门口挂着小小的店招,因是上午,又是大雪初霁,除了寥寥的游客外,一片冷清,店家大多还没有营业。

今天,在一些富于历史风情的城市或寺院门外,还留存着一些茶屋,不过这些茶屋既不卖廉价的绿茶,也褪去了昔日的"游廊"(日语中用于旧时花柳街的名词)色彩,有些是以传统的日本点心(和果子)为主,配一碗抹茶,客人最好是穿着和服的女子,风情万种地坐在窗边,用一根刚刚削成的竹签,姿态优雅地将樱花模样的和果子缓缓送入嘴边。

这次在我所住的位于修学院离宫附近的京都大学国际交流会馆周边,有两家很有历史的茶屋,一家紧邻曼殊院,或者说本身就是曼殊院的一部分,名"弁天茶屋",位于东山山麓,从一条坡道折入,走过一片农田和稀疏的房舍,就坐落在郁郁葱葱的东山山麓,周边一片寂静。正是惠风和畅的4月中旬,浅黄色的平房在周边明亮的新绿的衬映下,越加显得素朴典雅。进门须脱鞋,进得屋内,是纯然和风的装饰,不是榻榻米,有桌椅陈设,人们可以坐着用餐。名曰茶屋,现在供应的却是饭食,以新鲜的豆腐衣为招牌。京都的豆腐历史悠久,制作精良,已经蜚声日本国内,豆腐衣也很受人喜爱。所谓新鲜的豆腐衣,就是在一个较大的平底锅内,将浓稠的豆浆煮沸,然后将上面结成的一层衣用长长的竹竿撩起来,当场可食用,只需蘸一点点上等的酱油就可。我在浙江天台的一家农家风饭馆尝过，入口滑爽，有清新的豆香。弁天茶屋的吃法，却是将乳黄色的较厚的豆腐衣层层卷起，切成一段段，放入一个红色的漆碗内，浇上自制的调味汁，也相当可口。店内除了新鲜的（日语称之为"生"）豆腐衣外，还供应荞麦面和乌冬面，还有日本式的红豆年糕汤，就是没有日本的绿茶。

还有一家在弁天茶屋的西北面，名"平八茶屋"，已有四百年的历史了。距离睿山电车修学院站较近，东侧靠马路，进门也在路边，听起来似乎有些吵，但店堂却要从古色古香的、上面筑有茅草屋顶的类似寺院山门的入口进去后走一段路，路是石板铺成的，入口之内即是庭园，竹木扶疏，参差的绿荫挡住了车流的喧哗声，正是和暖的春日，店内取开放的形态，店的西侧，就是高野川，在日本曰河，在中国人看来就是一条溪流，前几日连续下雨，充沛的雨量带来了充足的水流，从上游淙淙流下，在落差处发出了清越的响声，在绿树掩映之下，听着清澈流水的泠泠声，没有美食，心也醉了。平八茶屋有些高档，主打怀石料理，且必须预定。价格每人从一万两千日元至两万日元不等，另加消费税和服务费，在怀石料理中算中等的价格。主要供应三种样式，最出名的是"若狭怀石"，"若狭"是地名，是一个位于京都府与福井县交界的海湾，靠日本海，那里的甘鲷比较出名，捕获之后，立即在冰鲜的状态运到京都市，或者将其剖开，去除内脏，用一点盐稍加腌制，同样在冰鲜的状态下运到京都市，后者因为施加了一些盐粒，使其肉质更加紧实，些许的盐分使鱼肉中的蛋白质转化为氨基酸，鲜味更足，而新鲜度丝毫不减。这套怀石料理中，还有一道炙烤甘鲷，保留鳞片，用煤气火和炭火分别加以烧烤，使其鳞片达到金黄色，脆酥可食。另外一种是季节怀石，推出当令的美食，樱花季节就以樱鲷和竹笋为卖点，所谓樱鲷，是春天捕获的一种红色鲷鱼，带有鲜亮的桃红色，在日本就被看作是樱花的色彩（樱花本身有许多种），春雨后的鲜笋，也是人们的最爱，樱鲷春笋饭，就是一种绝配。其他还有河鱼怀石，京都市本身不靠海，但有许多溪流，且紧邻琵琶湖，自古以来有不少河鱼出产，其中主要是生长在溪流中的香鱼以及鲫鱼和鲤鱼，河鱼怀石的价格相对低一些，日本人还是喜欢吃海鲜。如此这般以怀石料理为主打的料理屋，店名却叫茶屋，想来也是有些好笑，不谙此中奥秘的中国人，见到店招，很可能以为是一家茶馆，可以坐下来喝杯热茶，以消解旅途的疲乏，却是误解了。

当然，日本，尤其是京都，还有一种店名曰"茶寮"，却是可以喝点茶的，但主旨却不在解渴，而主要是提供各地所产的"和果子",而"和果子"中,又以京都的果子最出名,京都火车站二楼有一家"京都茶寮",就是这样一个所在,当然,这里没有优美的风景,只是川流不息的旅客中的一个小小的驿站,可让人稍微坐一下,品尝一下京都的果子,另外还有一碗抹茶。喝过抹茶的人都知道,抹茶只有陶碗的三分之一,色翠绿,味苦涩,并不足以解渴。一碗抹茶加两种和果子,或提供简单的餐食,价格在一千至一千五百日元左右。

奈良公园内靠近春日大社的树林边,有一家"水谷茶屋",历史悠久,声名卓著,又在旅游景点上,为很多人所知晓。茅草屋顶,纯然木结构,不施任何油彩,古色苍然,屋内陈设也颇为雅致,它最引人注目的,是店门口的大红伞,竹制,门外还有几张宽大的木凳,也铺设厚实的红布,与其农家风的原色建筑形成鲜明的对照。店里可品尝比较高级的宇治(位于京都南部的著名产茶地)抹茶,加上一小块羊羹(一种甜食),七百日元,此外还有其他饮品可以享用,诸如姜茶、曲子粥,还有咖啡甚至小瓶的生啤、刨冰供应,就是没有一般的绿茶。与京都茶寮一样,水谷茶屋还有乌冬面、荞麦面等餐食供应,可以简单果腹。不过观光点的餐食,也实在不敢恭维,乌冬面和荞麦面,它的浇头只是山菜或一块油豆腐,维持了江户以来传统,价格不廉,却难以给人充分的满足感,尤其是喜欢肉食的中国人。

与"水谷茶屋"相似的,我在濒临日本海的日本三景之一的"天桥立"也见到一家,店名叫"吉野茶屋",临观光街,也是江户时代以来的老铺,一层的木屋,门口挂着红灯笼,也有红伞,因是和煦的春日,店门敞开,榻榻米的地面,须脱鞋入内,可瞥见里面一圈铺着红毯的宽大的凳子,围着中间的一张长方形木桌,顾客可在此闲坐小憩,里面还有设计得颇为别致的茶室,将传统和现代的元素巧妙地融合在一起,铺着玻璃板的木桌边,摆放着几张深紫色的坐垫式的圆形软凳,素朴典雅。供应的食品,是该店特制的"智慧饼",日语中的"饼",并不是中国扁平圆形的饼,而是一种糯米制品,大都呈团子状,一般里面都有馅,"智慧饼"卖得不便宜,两三个小团子,要五六百日元,会同时提供一杯煎茶(大麦茶、绿茶或玄米茶),抹茶则需另外加钱,有趣的是这里还卖抹茶冰淇淋和刨冰,也不算纯粹喝茶的地方。

记得在京都还有一家"虎屋果寮"的连锁店,虽然店名叫果寮,内容却与京都茶寮差不多,也有几百年的历史了。一次一个很有雅兴的中国朋友带我去了位于一条的店铺,主要以和果子出名,茶是抹茶,一个浅绿和灰黑色组合在一起的茶碗内,自然还是接近翠绿色的抹茶,叫一两样和果子,坐在深褐色桌子边的西式软椅上,望着窗外绿茵般的草坪,除了鸟鸣,几乎没有杂声,心绪自然静了下来。人们说话都是轻声细语。这与英伦风格的下午茶和中国式的茶馆,又有一种不一样的风情。

日文中还有一个词语谓"茶室",这是举行茶道活动的所在,如里千家的"今日庵"、表千家的"不审庵"等,都藏在深墙高院内,一般不对外公开,各个禅寺里也多设有茶室,也是茶道活动的场所,并不是一般人喝茶的休闲地,它往往与茶庭连在一起,不会在路口街角。

总之,吃茶店也罢,或者茶屋、茶寮、茶室也罢,都不是中国人意义上的茶馆,无法喝到一般的绿茶。昔日中国的三教九流都可入内的社交场所茶馆,在日本大概只有室町幕府末年和江户初年的茶摊可以相比。如今,中国这样的茶馆也已渐渐消失,代之而起的,是不少观光地出现了一些面向游客的茶楼,价格似乎不菲,其性质也与昔日的茶馆大异。上海城隍庙湖心亭的茶楼,喝茶一定要搭上许多吃食,喝一壶茶每个人至少五十元以上,这就不是一般小民可以随意进入了。在我的记忆中,只有成都青羊宫、文殊院、武侯祠等地,还留存了大众喝茶的场所,不过那也不是茶馆,而是民众自己带了茶杯甚至茶叶来,在这里借几把竹椅来唠嗑而已,或者掏几块钱,在里面买一碗廉价的茶水,气氛倒是相当轻松惬意,虽然也相当的喧阗。

2015 年 5 月 2 日

白 河 夜 船

十年前翻译过一本吉本芭娜娜的小说集《白河夜船》（上海译文出版），却并不清楚书名的来由。在京都待了五个月，才知晓原来还真有一条"白河"（现在通常写作"白川"，日语中读音相同）。据说昔日有人去京都旅行回来，别人问起白河如何，那人就答说是坐着夜船经过白河的，酣睡中未及欣赏两岸的景色。后来白河夜船就成了熟睡状态的代名词。现在的白河源自南禅寺的琵琶湖疏水路，向西北流经银阁寺西侧，最后注入高野川，有一段河畔的石径，就是著名的"哲学之路"。

然而我今天要写的，其实是"白川通"（"通"是大道、大街之谓）。我所居住的京都大学修学院会馆，大门便对着南北走向的白川通,由此往南行至"今出川通",西面不远处就是京都大学本部,行程约有三四公里。在炎夏到来之前,晨夕步行于京大和会馆之间,成了每日的功课,而一路感受到的街景,成了人生中的一段美好记忆。

白川通在京都,算是一条颇为宽广的大街了,双向四车道,中间种植了一长溜高高的榉树,4月初时才萌生了一点新芽,到月底就成了一片繁茂的新绿,两侧则是树枝几乎都被剪裁了的银杏树,只有中间才有一簇绿叶,始终未能成为一片遮阳的绿荫。大街的东面,是通称东山的绵延起伏的山峦,4月中旬以后,层层的新绿替代了原本苍苍的山色,只有郁郁葱葱四个字可以形容。有时候大雨初霁,湿润的岚气,在重峦叠嶂中冉冉升起,形成了如梦如幻的白色烟霭,使自幼生长在水泥森林中的我,内心充满了无限的喜悦,甚至有一点陶醉。

街的两侧,多是两至五层的住宅,限于景观规划,不允许建造高楼。而其底层,则断断续续开出了许多家各色店铺。距住处较近的有一家历史颇为悠久的京都料理屋"茶又",店面是非常不起眼的青褐色,若不是在外面摆放着白底黑字的"茶又"招牌,一般人还真难找到。店堂虽不宽敞,却是十分洁净,供应的是简约而精致的家庭料理,中午的套餐不到一千日元,菜品却不少,晚上的套餐是两千至三千日元,已经接近于简式的怀石料理了。再往南,有一家单开间的门面,这就是赫赫有名的京都拉面的代表"天下一品"的总本店,中午和傍晚,门口几乎一直排着队,各种肤色和年龄都有,有一次在相距很远处,有几位游客用英语向我问路,拿着一张写着英文的纸片,我一看就是天下一品,告诉了方位之后,询问他们来自何方,答曰菲律宾,居然声名远播海外。其实天下一品的创始人原本是一名破产电气公司的员工,为谋生,在1971年开了一家拉面摊,几经努力,研制出特别的面汤,又得以租借了一个门面,以鸡骨和十来种蔬果熬制的浓稠汤料大受食客追捧,一举扬名,开出了一百多家连锁店,而这家仅有单间门面的总本店,几乎每日顾客盈门。

白川通上靠近银阁寺一侧有一家"蟹道乐"的连锁店,"蟹道乐"在日本可谓是家喻户晓,在中国也有相当的知名度,以吃蟹著名,大阪道顿堀本店那个会动的样态夸张的大蟹,就是它的标志。如今"蟹道乐"遍布全日本,在京都有三家,就面积而言,白川通上的那家似乎规模最大。8月的一个中午,京都大学的山室信一教授在那里设宴,一来欢迎台湾新来的学者,二来为我饯行。店里的餐室,大抵为榻榻米的格局,也有桌椅。蟹是绝对的主角,一个颇大的竹编的匾箩内,中间有一个黑陶制的船形的盛器,内有用蟹肉做成的小寿司等,榨出柠檬汁淋在上面,滋味鲜美而别具一格,在一个精致的玻璃器皿内,是用蟹肉制成的糕状的食物,还有几个劈成两半的大蟹脚,可将里边的蟹肉轻易地剔出。最精彩的是蟹肉饭,当场在一个黑铁制成的釜锅中现煮,饭熟后,放入预先配置的丝状的蟹肉,拌匀后食用,这样的吃法,我也是到了日本以后初尝。有各种套餐,我曾在距离京都市政府不远的京都本店吃过一回,中午的价格大抵在五千日元左右,绝对能够大快朵颐,算来并不贵。

白川通上,还有六七家咖啡馆,或大或小,南北欧风格都有,有一家则在门口挂出了大大的美国国旗。一般是中午开始营业,有一家名曰DONQ的,主营面包,一直亮着温馨的灯光,有早午晚三餐供应,价格在八百到一千八百日元左右,我早上经过时,已经有些中老年食客坐在落地玻璃窗的店内消磨时光了,也许他们觉得在家里待着实在过于寂寞。有意思的是,在民宅和商店之间,有几处菜畦和稻田,种植着一些芋艿和西红柿,5、6月时,夕阳西下,蛙声四起,到了8月,稻田的秧苗早已长大,一片青葱,恍然间,仿佛置身在田园之中。这种感觉,想来真的是有些奇特。

街上还有一家旧货店,物品多为家电,我刚入住时,缺了一点用品,在店里买过电视机、电饭煲和烧水壶各一,价格分别是一万两千、三千和五百日元,另加五百日元运费,全都要百分之八的消费税,向店主抱怨时,店主幽默地说,你向安倍去说理吧。回国时,又将三件物品卖给他们,总共才得到了三千五百日元。若要丢弃,还要付费请人来处理。这样看来,旧货店也挺赚钱。

就像日本许多地方一样,白川通上还有好几家诊所。其中有一家牙科诊所名曰"修学院齿科",隶属于医疗法人"白美会",我几乎每天从其旁走过,没想到还真有了光顾的机会。临回国前不久,一颗大牙摇动,吃饭咀嚼大受影响,不得已入内拔牙。走上高高的台阶,推开门只是一间小小的候诊室,入内要脱鞋换拖鞋。看牙医要先预约,挂号处的护士让我填了一份详细的表格,然后跟我约定了一个时间。第二次如约而往,我看了一下这天当值的大夫,竟然是"白美会"的理事长,不禁内心一阵窃喜。不一会被叫进了诊疗室,一看理事长还是一位很有风韵的中年女子,她见我进来,将带着的口罩微微掀下,露出了甜甜的笑容,算是一种礼貌的致意,身旁有一位年轻的助手始终跟随着她。器械的先进、医术的高明自不待言,最让我感动的还是上乘的服务,始终是轻声细语,动作熟练而轻柔,每一次将座椅抬起或放下都事先小声关照,每次结束之后必定对我微微一鞠躬,说一声"您辛苦了,请多保重"。后来为了治疗,又来过几次。我真是后悔,早知如此,应该在刚到京都时就来这里诊治我这一口满目疮痍的坏牙,修补或者配装假牙,如今到了临回国前才来造访,真是追悔莫及了。

后来从寓所去大学研究室,我常会从白川通折入御荫通,在白川疏水处穿过京都大学理学部校园前往人文研究所,这时必定会经过汤川纪念馆。汤川即汤川秀树,京都大学教授和基础物理研究所所长,1949年因原子核理论获诺贝尔物理学奖,也是日本第一位诺贝尔奖的获得者。1952年在基础物理研究所的楼内设立汤川纪念馆。我已在楼前经过无数次,门前的一尊汤川铜像也早已摄入相机内,但一直无缘入内,因为我总是在每日九点之前就到达研究室,而纪念馆要在十点才开门。临回国前,终于有一次过了十点经过此楼,决定入内看一下。大概平时参观者不多,纪念馆的兼职管理员听我说明来意,慌忙去拿了钥匙打开房门,亮起灯光。所谓纪念馆,也就是几间房间,有详细的年表式的生平介绍和不少图片,还有当年的奖章。对于汤川的学术成就,我是毫无知识也无多大兴趣,但他用毛笔书写的一些信函吸引了我的目光,还有一本他自己题签的《蝉声集》,相当的雅致。我知道汤川除了量子物理方面的著作外,还写过不少诸如《思考与观测》《自我发现》等影响不小的随笔集。最里面的一间,是他当年担任所长时的办公室,整面墙的书橱旁,是一个不大的会客区,另一面墙上悬挂着汤川自书的横匾"学而不厌",楷书,墨色浓重,苍劲有力,让我感到了一位杰出的物理学家的深厚的人文情怀。

  白川疏水,在白川通西侧约两百米,是一条水渠般的小河,水清且浅,流速却不慢,水声激越,绿树夹岸,在京都大学理学部的东侧一段,树荫尤其浓密。岸边有人行步道,我也常在那边闲走,四周一片静谧,全无上海的喧哗,令人怀恋。

2015 年 9 月 22 日初稿,2016 年 4 月 15 日修改

鹿儿岛，曾经的地名是萨摩

也许是这段时期恰好遇上了和煦的气候，也许是这座日本本土最南端的城市纬度较低，已经是 11 月中旬了，在鹿儿岛只需穿一件衬衣加一件薄外套就可以了。大街两侧种植着高高的椰子树，街心花园内也随处可见南国风情的棕榈树，在湿润的海风中轻轻摇曳。季节已进入晚秋，可这座港市依然充满了温暖的绿意。这是鹿儿岛给我的第一印象。

但是鹿儿岛的特色绝不仅仅在此。实际上鹿儿岛是一个历史积淀不浅的地方，远的不说，在明治之前，这里是岛津家族经营的萨摩藩，1602 年当时的藩主岛津家久在此构筑鹤丸（又称鹿儿岛）城，于是形成一个城下町，渐次繁荣起来。而在这之前,这里还曾发生过在日本历史上具有重大意义的事件,那就是1549年来自西方的耶稣会传教士方济各·沙勿律(F. Xavier)在此登陆,由此天主教开始在日本传播,并最后导致了17世纪初开始的长达两百多年的锁国时代。

在今天的鹿儿岛市的东部面向锦江湾的祇园之洲公园内,建有沙勿律登陆纪念碑,沙勿律的塑像,被凸起在一根巨大的石柱前,一侧是大型浮雕,表现了当年沙勿律上岸时的情景,当然这都是今人的想象了。沙勿律,1506年出生于西班牙的哈维尔城,曾在巴黎学习,后结识耶稣会创始人罗耀拉,1541年受罗马教皇保罗三世的派遣,作为耶稣会传教士从里斯本出发,前往当时葡萄牙的领地——印度的果阿展开传教活动,在果阿认识了因杀人而从萨摩搭乘葡萄牙人的船只逃出来的日本人弥次郎,弥次郎此时已向神父忏悔了罪行并接受了洗礼。在弥次郎的导引下,沙勿律一行经马六甲海峡北上,于1549年8月15日在今天纪念碑附近的海岸登上萨摩,拜见了萨摩藩主岛津贵久,成了历史上第一个来到日本的传教士。为了传教,他与当地的佛僧展开了辩论,受到佛教势力的排斥,于翌年前往本州各地,最后来到京都,试图晋见天皇和主掌室町幕府大权的足利义辉,未获成功,不得已折返至山口,见到了当地的大名大内义隆,呈上了印度总督和果阿主教的信函,并献上了带来的望远镜、台钟、洋琴、镜子、眼镜等物品,大内大悦,准许他在山口一带传教,让他们在废弃的寺院大道寺内居住。据说眼镜就是由他首次带到了日本。于是沙勿律就开始在此讲经布道,两个月内皈依天主教的信徒超过了五百人。天主教在日本的传播史,就从沙勿律开始。在日本待了两年后,沙勿律于1551年11月带了几名信教的日本青年离开日本回到果阿,并决心前往给予日本文化以极大影响的中国去布道,在派遣了几位神父继续去日本传教之后,于1552年9月登上了位于今天广东省江门台山市西南海面上的上川岛,等待进入中国大陆,但一直未获允许,不幸罹患疟疾去世,年仅四十六岁,死后被列为圣品,在天主教的传教史上具有崇高的地位。今天的上川岛上,还留有沙勿律的墓园和小教堂。二战以后,日本人开始修筑纪念沙勿律的设施,除了鹿儿岛的纪念碑和纪念公园外,最大的纪念设施要推山口市内的沙勿律纪念圣堂了,1952年建成的建筑不幸后来被烧毁,新的三角锥形状的纪念堂于1999年再度耸立,并在周边辟建了一个纪念公园,2005年的初秋我曾去造访过,差不多可用"辉煌"一词来形容。不过,历史上日本的传教士和教徒也曾经历了相当长的屈辱或悲惨的岁月。沙勿律之后，又有许多西方传教士来到日本布道，至 16 世纪末叶，信徒人数达到了几十万之多，连九州和本州西部的许多大名也皈依了天主教。丰臣秀吉获得政权后，便对此进行排斥和压制。到了德川幕府时代，更认为这些异教邪说将会危及刚刚建立的政权，于是对此进行了残酷的镇压，并禁止一切与天主教相关的文化传入日本。除了长崎一隅可以有限地与中国人和荷兰人通商外，日本全国禁止所有外国人登陆，甚至不允许在海外居住五年以上的日本人回国。这就是历史上有名的锁国时代。

就鹿儿岛市内而言，最可一观的名胜大概是第 19 代萨摩藩主岛津光久于 1658 建成的别邸"仙岩园"了，占地一万五千坪，濒临锦江湾，遥对火山高耸的樱岛，当年的气派据说是以锦江湾为池塘，以樱岛为假山，可见该庭园的宏大了。去的那天，正值大雨初霁，天空仍然有些阴沉。园内自然有不少可观之处，但我比较感兴趣的是中国文化的鲜明影迹。背山面海处，有一幢又像亭又像阁的建筑，平屋，灰黑色的瓦顶，十根廊柱，无墙，四周用绳子围着，不可入内，旁有一块说明牌，谓此乃"望岳楼"，"岳"大概就是海对面樱岛火山了吧，但说是"楼"，却是全无黄鹤楼、岳阳楼那样的气势，只是平地上的一幢平屋而已。再一看说明,这楼是江户时代初期(应该是17世纪上半叶吧)琉球国王赠送给萨摩藩主的,铺在地上的砖,是根据秦代时阿房宫的原物仿制的,里面匾额上的"望岳楼"三个字,是临摹东晋王羲之的笔法。1609年,萨摩藩悍然出兵侵犯琉球,迫使琉球臣服日本。这"望岳楼",应该是琉球臣服日本以后的赠品,在表示恭顺的同时,却明显地夸示自己的文化高萨摩一等,在萨摩进犯琉球之前,琉球已在1372年接受了明王朝的册封,也许是它觉得自己距中国文化要比萨摩为近,因此抬出了秦代阿房宫、东晋王羲之,拉大旗作虎皮,借此吓唬吓唬地方诸侯的岛津藩,而岛津藩似乎也被琉球人给蒙住了。仙岩园内还有一处名胜曰"江南竹林",据说是三百多年前从琉球那里引来了两株中国江南的孟宗竹,移栽于此,日后便形成了这一片竹林,早春时节可从竹林中掘取竹笋,说明牌上介绍说,从此日本才有了美味的竹笋,这大概有些夸大,日本各地的山岳中,茂密的竹林并不鲜见。也许是孟宗竹的竹笋尤其鲜嫩美味吧。而这也是来自琉球的中转。

园内还有一处胜迹是"曲水流觞"。这一格局已被掩埋久远,1959年才被发掘出来,一看是早年大名诸侯举行曲水宴的所在,于是修复如旧。曲水流觞的习俗,最迟在中国的战国时代即已形成,东晋王羲之的《兰亭集序》,则将这一雅集的美妙深深镌刻在了读者的心中。据《日本书纪》记载,在5世纪时这一习俗已传入日本,485年宫廷中曾举行这样的仪式,以后到了平安时代,此风大盛,一直延续至江户时代,汉诗与和歌中都有吟咏,1790年山本若麟有一幅绢本着色图《兰亭曲水图》,非常传神地描绘了这一文人雅集的盛景。如今的九州太宰府天满宫内,在每年3月的第一个周日,仍在隆重地举行曲水宴,人们身穿平安时代的服饰,模仿平安时代的礼仪,饮用"流觞",吟咏和歌,整个仪式历时三小时。鹿儿岛仙岩园内的曲水流觞(溪流和叠石)的旧迹,想来也是当年的上流社会附庸风雅的所在了。

但是,鹿儿岛上最浓重的历史色彩,应该是与明治维新相关的这一段了。在街上随意行走,你会时时邂逅明治维新时期的各色人物,时光仿佛倒回了一百多年。1865年前后,日本在被迫打开国门之后,西洋势力迅速在列岛登陆,原先一直被幕府抑制的各地藩主,纷纷揭起"尊王攘夷"的大旗,挑战德川家族的权威,其中最为强劲的,便是长州藩(今山口县一带)和萨摩藩(今鹿儿岛县一带)的武士。萨摩藩的首领是叱咤风云的西乡隆盛和大久保利通。在鹿儿岛市立美术馆一侧郁郁葱葱的树丛中,沿着大路,高高地矗立着一尊西乡隆盛的铜像,身着陆军大将的戎装,有些肥壮的身躯上,是一个硕大的脑袋,连身下的基石,总共高达八米,站在底下不得不高高地仰视,即使汽车从一旁驶过,也不得不举目仰望。不过这座1937年建造的铜像,与1898年落成的东京上野公园内的身着和服、牵着狗的西乡铜像相比,容貌显得呆板拘谨。其实,与明治以后平步青云的大久保相比,西乡的一生可用"跌宕起伏"来形容。幕府被推翻后,西乡进入了新政权的领导层,在政府主脑岩仓具视等出使欧美的近两年期间,西乡几乎主导了政权的运作,并自告奋勇地要代表日本出使朝鲜,迫使朝鲜向日本新政权低头称臣,不然的话,将发动大兵进犯朝鲜,这就是所谓"征韩论"的由来。只是由于归国的岩仓具视的阻止,"征韩"一事被搁置,西乡也因此离开政府,回到故乡鹿儿岛兴办私学,不久又因为"废刀令"等的颁布,导致了九州一带昔日武士的强烈不满,于是在1877年拥戴西乡反叛新政府,结果叛军终不敌政府军,西乡也在身负重伤后命令部下斩断自己的首级,日后被定为"贼军"首领而蒙羞多年,直到1889年后才被天皇大赦,恢复名誉。不过,无论是他在振臂高呼进攻幕府的时候,还是在起兵反抗新政权的时候,在家乡鹿儿岛,他都被视作一个英雄人物。在今天的鹿儿岛,除了这座高大的铜像外,他的诞生地,他在战火中度过最后五天的洞窟，都被辟为观光纪念地，竖起了碑牌，让后人铭记他的英雄事迹。但同样一个西乡隆盛，由于他的"征韩"言行，在整个朝鲜半岛，则被视为一个敌对者。

与西乡同样风光的，至少还有大久保利通。在流经市内的甲突川（河名）南侧，高高伫立着一尊大久保的全身像，留着络腮长须，身着洋服，敞开着大衣，看上去英姿飒爽，似乎比西乡更具领袖风范。他虽然反对"征韩"，却在1874年主张出兵台湾，并在当年9月出使北京，迫使中国方面认同日本的武力行为。可是他也不得善终，1878年被刺身亡。

距大久保铜像不远处，有一座颇有规模的"维新故乡馆"，通过声色电光生动地再现了在推翻幕府、建立明治政权的过程中鹿儿岛人所做出的重大贡献，免不了带些吹嘘的成分。馆内不时走过面带微笑的身穿鹿鸣馆时代社交礼服的年轻女子，她们是来此地打工的女学生，以此来营造些明治时代的氛围。陈列内容中令我感到兴趣的，是1865年萨摩藩向英国派遣留学生的部分。萨摩藩原本是"攘夷"的大本营，一直要阻遏西洋势力的进入，1862年，萨摩藩武士在横滨附近杀害了几个狭路相逢的英国人，并拒绝赔偿，结果遭致了英国舰队第二年对萨摩的大举进攻,几乎轰毁了萨摩藩的所有炮台,萨摩藩由此领教了洋人的厉害,并表现出服膺的姿态。于是在1865年,在未取得幕府许可的情况下,私下向英国派遣了十九名留学生,前往伦敦大学等地学习化学、军事和语言等,这是近代日本派遣的最早的留学生,其佼佼者,便是后来的首任文部大臣、日本近代教育奠基者的森有礼。萨摩也是日本近代产业的实验场,在目前保留的集成馆内,还可以见到当年制铁、造炮、纺织工业的遗物。

鹿儿岛,从西北端中央车站前的年轻萨摩群像开始,一直到东南端展示近代产业起源的尚古集成馆,我们在沿途不断邂逅着一个又一个近代日本的故事。

2015年12月14日初稿,2016年4月16日增补修改

小泉八云在熊本的足迹

九州的熊本市内最可一观的,当然是闻名遐迩的熊本城了。熊本城初建于1607年,不过在1877年的西南战争中,天守阁等主要建筑毁于战火,城址虽还留存,却多少有些废墟的感觉了。在战后经济起飞不久的1960年,天守阁获得了重建,至2008年,本丸御殿大广间等都依据原样得到了复原,说是复原,因为完全采取了当年的建筑材料和工艺,纯然木石结构,不用任何的钢筋水泥,即便是新构,依然给人一种古色苍然的感觉,与战后新建的大阪城和名古屋城迥然不同。城体建在一个低矮的山岗上,益发凸显出天守阁等的壮伟,拾级而上登上最高层,可一览熊本市的全景,我去的那天,恰逢久雨初霁,几朵白云之上的苍穹,真可以用一碧如洗来形容。大部分的墙垣都是旧物,硕大的石块上长出了厚厚的青苔,斑驳苍郁,益发增添了几分厚重的历史感。

离开熊本城,我要去寻访的,是小泉八云的故居纪念馆。八云的名字在中国并不陌生,早年朱光潜专门撰文介绍过他,他的《日本与日本人》,1930年就由商务印书馆出版了胡山源的译本,至今仍畅销不衰,近年来他的怪谈集又引起了国人的注意,有好几种版本问世。他的本名是拉夫卡迪奥·赫恩(Lafcadio Hearn),一个爱尔兰军官和希腊女子的混血儿,在英国和法国受的教育,年轻时去美国闯荡,后来成了一名记者和作家。他生性喜爱寻幽探奇,曾搜集了埃及、印度、阿拉伯、中国的各种传奇古谭改写成英文。他对异域情趣的事物,尤其是古老怪异的习俗和传说具有超出常人的喜爱和敏锐的感受性,这在某种程度上决定了他后来对日本文化的评价。出于对未知世界的好奇,他1890年乘坐加拿大太平洋铁路轮船公司的轮船,于4月4日抵达横滨,当天即迫不及待地雇了人力车去察访街市,游览寺庙神社,后来把这天的印象写成了著名的《我在东方的第一天》:"一切看起来都是小精灵般的,因为一切人和物都矮小、古怪、神秘。"他决定在日本久居。当年8月,他前往相对偏僻的岛根县松江中学担任英文教师,与日本女子小泉节子结婚。因不堪松江的寒冷,于1891年11月移往熊本任第五高等学校(现熊本大学的前身)的英文教师,在此居住了三年多,1894年11月离开熊本前往神户,担任英文报纸《神户纪闻》的撰述员,并加入日本国籍,改姓名为小泉八云。1896年8月赴东京担任帝国大学英文讲师,后遭到解职,又去早稻田大学讲授西洋文学,1904年9月因突发心脏病去世。他一生出版了十二部论述日本和日本文化的著作,美国的米夫林公司1922年出版了他的十六卷本全集,他在日本备受推崇,1926—1928年间出版了十八卷本的日文版全集,许多文章都收入在各种国语教科书中,熊本市内至今仍保存着他当年的故居,并辟为纪念馆。

故居在熊本城的东面,有些不好找。这里是商业区,触目都是现代的楼厦,完全不见照片中旧居的踪影。不得已,询问了当地人,于是在一片钢筋混凝土的大厦间,寻觅到了一个名曰"莲政寺公园"、面积只有区区几百平方米的小公园,八云的故居就掩藏在公园的西侧。这里当然不是原址。八云刚到熊本时,借居在手取本町34番地赤星晋策氏的家里,一年后移居至平井西堀端町35番地,这里的房子已完全无迹可寻,前者幸而留存到1960年,也将要被拆除,幸好当时的一些社会名流大声疾呼保存旧居,并组成旧居保存会,募集资金将旧居的部分建筑移建到现在的公园旁,在进行了大量的调查之后将八云时代的房子复原,于是有了如今的故居纪念馆。

进入门内有一个小小的庭院,门票两百日元,中小学生半价,走过石块铺设的通道,即是一幢日本式的平屋,门口有管理员并摆放了多种资料,可免费索取,脱鞋入内,各个房间内陈列着各色图片资料,还有一个不大的壁龛,挂着一幅字,摆放着一株绿叶植物,屋后有一个内庭,但空间湫隘,墙垣外就是森森的高楼。八云酷爱日本文化,除了写字桌椅是西式之外,其他皆是榻榻米的格局,他在这里撰写了有关日本的第一部著作《日本一瞥》,每日乘坐人力车去"五高"授课。根据史料,当时"五高"有本科生四十二人、预科生一百五十八人、补充科学生一百七十人,据当时的学生回忆,他授课的方式,就是拿一支粉笔从黑板的左上角开始书写语法,学生默默地跟着抄写,很少口头讲解,但语法的解释,尽可能地照顾到日本学生的特点。八云抵达熊本时,这里已经有些洋化,有了电灯,开通了铁路,面包肉类的供应也不匮乏,甚至还有进口的啤酒,八云写信给朋友说,他来这里几个月内胖了九公斤。明治时代,不仅是东京、横滨,像松江、熊本这样的地方都邑,也普遍接受洋人教师,可见风气开化之一斑。

来日本之前,八云是一个没有国籍意义上的祖国、几乎没有至爱亲人的漂泊者,二十岁流浪到美国后,在社会底层经历了种种苦难,社会部记者的经历,使他过多地了解了各种罪恶,使他对西方近代文明产生了厌恶和绝望。他一直企图逃离西洋文化场,他来到日本后,发现这是一个远在他期望之上的美丽国度,和平、安宁,一切充满人情,自美国《大西洋月刊》1891年9月号起,他连续不断地发表了一系列日本印象记,他的行文奇幻诡谲、流丽华美,使人读后不禁心醉神驰,迷倒了不少西洋读者,以至于1904年9月29日的《纽约时报》上有一篇评论说:"在填埋阻隔东方和西方的鸿沟方面,拉夫卡迪奥·赫恩恐怕比其他任何西方人都成功。如果西方人中有谁已经理解了日本的话,那么就数他了。"

八云说了日本许多好话,日本人自然赞赏不已,评论家幡谷正雄1926年3月在《报知新闻》上发文说:"我只是认为像赫恩那样日本化了的、那样爱日本、理解日本的人,在他以前没有过,在他以后也不会有。"时光差不多已经过去了一世纪,八云在今天的日本依旧受追捧,但在美国已不受待见,二战时期,美国人发现八云所描绘的日本误导了西方世界,实际的日本军人竟然是那样的凶狠蛮横,于是他的著作大多也被打入了冷宫。今天的西方日本研究家,差不多已经忘却了八云。顺便说及,八云在日本十四年,也娶了日本妻子,生育了小孩,口语也可进行基本的交流,但他似乎一直未具备良好的日文阅读能力,如此,他对日本的理解,恐怕更多地还处于直觉和幻想交织的程度。

2016年1月11日初稿,4月14日定稿

半篇有田町游记

这个题目算是抄来的,少年时曾读过一篇丰子恺的《半篇莫干山游记》,印象颇深,这次的有田之行,游踪还不及计划的一半,姑且名为"半篇"。

我也不记得自己什么时候开始对陶瓷器产生了兴趣,好像是1992年在东京待了一年以后。那个年代,中国一般民众的餐具和茶具还相当单调,甚至有些粗陋,讲究一点的家庭,也就是买一两套成套的物品,样式大多是千篇一律。到了日本后,偶尔有机会去料理店或居酒屋,总是被各色各样造型别致、色彩雅致的餐具、酒具所吸引,也偶尔有去日本人家里做客,往往会发现,放置餐具和茶具的往往有两大橱柜,喝日本绿茶,必定有一套由

"急须"(大抵是单柄或手提的茶壶)和数个"汤吞"(无柄无盖的茶杯)组成的茶具,拿出来时整体一定有个托盘,每个"汤吞"下一般都有一个木制的底座。自然,喝咖啡和喝红茶,也一定是完全不同的器具,茶余酒后,对这些风格各异的器物,不免多看了几眼,于是就慢慢萌发了兴趣。

日语中称陶器或瓷器,一般会用"烧物"这个词,某地所产的陶瓷器,往往称之为"某某烧"。各个区域都有些很有特色的"烧物",但名冠全日本的,大概是"有田烧"。自然,有田是一个地名,只是九州佐贺县西部的一个小镇(日语称之为"町"),好像那里还很少有中国人的足迹,也许是位置很偏,也没有一般中国人喜欢"爆买"的物品。我因留意陶瓷器,很早就产生了憧憬之情,但迟迟未能下定决心去做一次实地探访。2015年11月,终于创造了一次机会。

那天中午,我坐了新干线从熊本到鸟栖转车,先到了佐贺市,在车站附近的一家旅店放下简单的行囊,又在车站内的一家小店用了午餐,就坐了"电车"(电气火车)去有田町。不料匆忙间坐错了车,应该是往佐世保方向的,慌乱间却跳上了长崎线,不得已,在中途换车。这一带人口并不稠密,电车要每小时一班,我只得在乡间冷清的小站上苦苦等候,看着初冬的太阳无情地向西倾斜,内心虽有万分的焦急,却也是万般的无奈。

我下车的站名叫"有田",在抵达有田时,前面还有一个站名曰"上有田",其实在上有田和有田之间的区域,都属于有田町,这一带分布着不少烧制瓷器的窑和大大小小的瓷器店,有居民两万一千多人,电车经过时,可见一些工坊和瓷窑的烟囱,不过好像冒烟的很少,在初冬的斜阳中,总体呈现出青灰的冷色调。有田町建在一个谷地,四周是并不高巍的山峦,大多在三四百米,虽然已是深秋,仍是一片苍郁之色。

有田站在格局上是一个乡村小站,其时已临近下午四点,上下车的人都不多,车站的墙垣上挂着两幅很大的横幅,分别写着"2016年是日本瓷器诞生、有田烧创业四百周年"和"欢迎来到日本瓷器的发祥地",让我一下子有了点兴奋的感觉。这里最有人气的是一年一度的陶瓷器集市,起源于当地最著名的瓷器厂商香兰社于1896年发起的"陶瓷器品评会",1915年后则演变为在每年的4月底5月初日本黄金周举行的集市,除了二战的特殊时期,可谓年年游人如织,届时各家窑厂都拿出自家的货色陈列在店门内外,既有几十万日元的高级品,也有各类廉价的库存物、等外品,林林总总,不一而足,这几天,铁路公司加开多个班次,朝圣的、淘宝的,几乎挤满了镇上的主要大街,人人满载而归。那一周里,小镇充满了生气和活力。2016年是四百周年大庆,当地已在精心策划,到时候一定热闹空前。

跟日本所有的有点观光资源的小城一样,车站一隅有一个小小的观光中心,可免费领取各种地图资料。职员也会非常亲切地回答你的各种询问。我原本想雇一辆计程车在街上随意行走,但后来得知大部分工坊和瓷窑已过了接待时间,且距离有田车站不远处,有一家十分出色的"九州陶瓷文化馆",藏品相当可观。于是我决定在天黑之前,在街上随意游荡,最后去看一下陶瓷文化馆。也许是时光已近黄昏,且又非一年一度的陶瓷集市的举行期,街上冷冷清清又干干净净,除了偶尔驶过的汽车,可谓人迹杳然,不过还是有几家店开着门,我的进入,使寂寞的店员感到了几分欣然,陈列的物品,自然多是生活用品,却又让人感到宛如艺术品一般,各种杯盘、茶碗、餐碟乃至花瓶、香炉,用非常雅致的形式陈列出来,配置的灯光也恰到好处,使得瓷器的釉色越发显得鲜亮,各色精巧的图案设计,也让人赞叹不已。

去陶瓷文化馆,有免费的穿梭巴士可以搭乘,只一站路而已。路上,我在头脑中粗粗地整理着日本陶瓷器的历史经纬。

　　日本列岛上粗陶器的烧制,其历史跨度虽然长达约一万年,但技术只能烧制温度在一千度以下的质地比较粗劣松散的"土器"。5世纪前后经由朝鲜半岛带来了新的制陶技术,产生了"须惠器"。须惠器是一种将耐火度高的黏土用制陶用的旋转圆盘(日语中称之为辘轳)制作成形后,放入窨窑中经千度以上的高温烧制后做成的结构细密、质地坚硬的硬陶器具。其技术的源头,还是在中国。中国在公元2世纪的东汉时代,已经产生了比较成熟的早期瓷器或称之为原始瓷。汉代的灰陶传到朝鲜半岛后,当地的居民(或是秦汉的移民)也就逐渐掌握了硬陶的烧制技术,日后又传到了日本。唐朝的时候,虽然中国的越州青瓷传到了日本,但当时日本人无法烧制出与青瓷媲美的瓷器,他们只是在原来三彩技术的基础上,又吸取中国的灰釉技法,烧制出了灰釉陶器。这些灰釉陶器与越州青瓷相比,毕竟要显得粗粝得多。宋代是中国瓷器发展史上的一个高潮期,汝窑、官窑、哥窑、定窑和钧窑五大名窑的出现和定窑系、钧窑系、磁州窑系、耀州窑系、景德镇窑系和龙泉窑系六大窑系的形成,标志着中国制瓷工艺的全面成熟。说来也有些令人难以置信,中国的制瓷技术却是在很晚的17世纪才经由朝鲜半岛传到日本。16世纪末,已经在日本平定了天下的丰臣秀吉出兵进攻朝鲜,强行带回一批朝鲜陶工,根据文献记录,1616年朝鲜陶工金江三兵卫(朝鲜名字叫李参平)来到今天属于佐贺县的有田,佐贺藩主(当地的诸侯)锅岛忠茂要求他制作瓷器,于是在烧制灰釉陶器的窑中成功地烧制出了瓷器。这大概就是我在车站的横幅上看到的"2016年是日本瓷器诞生、有田烧创业四百周年"的历史缘起了吧。1637年以后,有田的窑就以烧制瓷器为主了,如今,有田烧在日本已经成了优质瓷器的代名词了。有田地处群山之中,当时交通颇为不便,要运往各地,必须依靠附近的港口伊万里,有田烧制的瓷器都经伊万里通过水路运往全国的大小都邑,一时间,人们都将有田烧称之为伊万里烧,就像今天的阳澄湖蟹在日本被称为上海蟹、良乡栗子被称为天津栗子一样。初期的伊万里烧,工艺上主要依据朝鲜传来的李朝时代的烧窑技术,而在款式和花纹图案上,则以中国景德镇窑烧制的青花瓷为摹本,并且参照明代的《图绘宗彝》和《八种画谱》等图绘书为蓝本加以绘制,因此具有浓郁的明代风格。明清之际的动乱时期,中国南方的窑场受到了很大的冲击,一批经验丰富的工匠为避战乱而流入日本,带来了新的制瓷技术和艺术样式,直接促进了伊万里烧的技术革新,这一时期伊万里烧的产品在胎质的轻薄、瓷品的精巧方面都达到了与同时期中国瓷器相近或相同的水平。到了17世纪中叶以后,在有田町的街道两旁,逐渐形成了彩绘烧制一条街,被称为彩绘街。伊万里烧的彩绘渐渐做出了名气,而恰在这一时期,中国国内正值王朝更迭,南明王朝的余部坚持在海上抗清,海上航路受到极大的影响,荷兰东印度公司本来向中国购买的瓷器无法运出,于是就转向日本订货,促进了伊万里烧的大批量生产,特别是在17世纪末,日本人在仿制明嘉靖年间景德镇民间窑中烧成的金襴手(一种在五彩瓷中加入金彩的高级瓷器)方面取得了成功,荷兰人向他们大批订购价格高昂的金襴手,伊万里烧的名气就更是如日中天,声震遐迩,待到中国国内平息下来后,据说景德镇反过来模仿伊万里烧的金襴手向欧洲出口,现在欧洲仍存有不少被称为中国伊万里的产品,就是这一类的瓷器。这说明,在不同的时期,文化的流播会出现不同的方向。

　　下了车,走了一段台阶以后,映入眼帘的九州陶瓷文化馆,其建筑样式犹如一个硕大的瓷窑工坊,看上去只是一个平屋,高度则可达三层楼,在淡淡的暮色中显得平实素朴。这里正在展出一个有田烧创业四百周年的特别企划展"明治有田:超绝的美——万国博览会的时代"。陶瓷馆的票价六百日元。离闭馆还有一小时左右,馆内有十来位参观者,应该都不是外国人。我定下心来慢慢观览,觉得这实在是一场视觉的飨宴,在明治这一日本从前近代向近代社会转换的时代,有田烧已经达到了极高的水准。平安时代末期开始,日本人的审美,渐渐偏向枯槁、幽玄、素雅的方向,江户时代以后,以光琳派、狩野派等为代表的装饰性画风,给日本的美术带来了鲜丽和灿烂的色调,明治时期的有田烧,较多地沿承了这一脉络,射灯下的盘、杯、梅瓶、四耳壶、香炉等,其釉色仿佛器物的镂金镶银,带有几分璀璨,但绝无艳俗的流弊,让人颇为感叹日本人对于美的尺度的把握。巧妙的构图将花卉、人物和山水融于一体,俗中有雅,雅中也氤氲着几许日常的生活气息。有意思的是,展览还专门展示了中国自仰韶时期开始的陶瓷史,并告知参观者,日本的制瓷技术源于中国并经朝鲜陶工之手。此时,我的内心不觉升起了几丝亲切和欣悦,也许,欣赏美的时候,这样的情愫是多余的。

展厅与展厅的连廊,有几处是落地玻璃墙,也有可供人小憩的咖啡座,可清晰地眺望屋外的景致。不远处,就是苍翠(11月中旬了竟然还是苍翠!)的山色,间或夹杂了一些金黄和亮红的颜色,连廊外一个不算很考究的枯山水石庭,愈发显出了周遭的宁静。走出屋外,深秋黄昏的空气,清冽而带了些许凉意,屋内屋外,都让我感到陶醉。

暮色渐渐升起来的时候,我乘上了回程的电车,连一家作坊和瓷窑都没有进入,也没能尽兴地看几家店铺,不免有几分遗憾。有田町之行,只走了不到一半的游程,姑且名之曰"半篇",留待日后再来补全吧。

2016 年 3 月 18 日

没有日本茶的"吃茶店"

在洋风洋气很浓到上海,原先应该也有不少咖啡馆,当年施蛰存等一批所谓现代派作家,或者如夏衍那样20世纪30年代的左翼文人,常常在北四川路上的"公非"咖啡馆聚会闲谈。可是当我稍稍懂事、开始阅读西洋小说的时候,正赶上寒气肃杀的"文革"时代,只记得整个上海好像就只有南京东路上有一家"东海咖啡馆"和南京西路同仁路口的上海咖啡馆,那时候的店名好像还不叫咖啡馆,因为咖啡馆都一概被视为资产阶级的腐朽东西而遭到清扫。1980年代以后,情况稍有好转,但咖啡馆仍然是凤毛麟角,直到今天,尽管星巴克等外来的咖啡馆在繁华的大街上常常可映入眼帘(小街小巷依然难见踪影),但其不菲的价格还不是一般市民可以轻易入内的。

我第一次在日本较长时期的生活,是在早稻田大学访学的 1992 年,其时上海(更遑论其他地方)的街头还鲜见咖啡馆的身影。那时我居住的宿舍"奉仕园"附近的小巷子里,就有一家颇有意思的咖啡馆(2015 年 1 月我再度去踏访时,它依然健在),走到文学部前的西早稻田街上,沿街有一家有落地玻璃窗的咖啡馆(后来这里变成了一家叫 Saizeliya[中文叫"萨利亚",如今也在上海、南京、广州等地开出了连锁店]的意大利餐馆),我初到东京时正是樱花盛开的季节,在街上常看到玻璃窗里面有些学子或其他男女闲闲地坐在窗边,喝一杯咖啡或其他饮料,或者俯首看书或做功课,或者抬起头来凝望着窗外烂漫的樱花,这情景使我这个有点小资倾向的人立即对日本产生了好感。后来才慢慢感觉到,在日本,无论是繁华的大都市还是偏远的小城镇,随处都可见大大小小的咖啡馆。2014 年秋天去岐阜县一个人口只有四万的小城市瑞浪采访历史人物,场地就借用当地的一家名曰 Miyako 的咖啡馆,也有很像样的咖啡和红茶。有意思的是,日本人一般把咖啡馆称为"吃茶店"。

称喝茶为吃茶,是中国江南尤其是浙江一带的说法,镰仓时代的荣西和尚两度(1168 年和 1187 年,后一次待了四年)来南宋学佛,就在浙江的东北部一带,他将中国的茶连同"吃茶"这一词语一起带到了日本,其用汉文撰写的名著《吃茶养生记》近千年来一直为人们所诵读。13世纪中叶以后,茶的种植和饮用慢慢在日本普及,但由于日本城镇发展比较迟晚,一直也没有像样的茶馆。16世纪时,渐渐在寺院或神社门前或大路边上出现了茶摊,江户时代以后,演变成了"茶屋",但茶屋并不是真正喝茶的所在,像昔时在中国的街头巷尾常可看见的闹哄哄的茶馆,近代之前的日本其实颇为罕见。

19世纪中叶开始,西风东渐,日本人后来主动接受了西洋文明,咖啡的饮用也开始在一部分上流社会和知识人阶层中间流行。当然,最初日本人并不觉得咖啡好喝,在国门还没有完全打开的江户幕府末年,极少数人尝到了长崎荷兰人商馆传出的咖啡,当年的文人大田南亩在所著《琼浦又缀》中对此评价说:"其焦臭味让人难以忍受。"但是明治以后,以"鹿鸣馆"为代表的崇洋媚外之风,虽也受到部分人的批评,但西洋的物质文明和精神文明却渐渐渗透到中层以上日本人的日常生活中。原先是福建人的后裔、在长崎出生长大并凭借中文能力在外务省担任高级翻译的郑永庆,1888年辞去了外务省的官职,在东京上野开了一家"可否茶馆",这"可否"就是当年咖啡的汉字表现。不过这还算不上一家纯粹的咖啡馆,里面还有各种西洋的吃食供应,还有弹子房等游乐设施。四年之后,郑永庆关闭了此店,去了美国。然而不管怎么说,这可以称得上是日本咖啡馆或吃茶店的嚆矢了。后来相隔了很多年,在 1911 年的时候,东京美术学校毕业的(我们所熟知的李叔同,也就是后来的弘一法师是该校毕业的第一个中国学生)西洋画家松山省三,与当时著名的戏剧家小山内薰等一起在东京的京桥日吉町(今天的银座八町目)开了一家主要供文人墨客聚会的沙龙式的咖啡馆,小山内薰用法语给它取名叫 Café Printemps,Printemps 是春天的意思,今天上海的繁华区可见到的"巴黎春天"百货公司,源头就是法国知名的 Printemps 百货店。咖啡馆初时实行会员制,主要面向当时的文学家、艺术家及社会名流,我们所熟知的森鸥外、永井荷风、谷崎润一郎以及油画家岸田刘生等都是座上客。可是不久经营也难以为继,会员制也解体了。不过这家咖啡馆经许多文人的宣传,名声大振,1923 年毁于关东大地震后,又继续重建,战争期间,在政府的高压政策下不得不关闭,建筑物本身也在 1945 年的东京大空袭中被彻底炸毁。

可是咖啡馆为何后来改称吃茶店了呢?在 1925 年

前后，咖啡馆分化出了两种类型，一种是有女招待的，主要供应咖啡；另一种是有简单西餐供应的，当时被称为"特殊吃茶"和"特殊饮食店"，可是不久，都渐渐带上了色情的意味，于是日本政府在1929年(1929年已经是昭和初期，是日本开始走向法西斯化的年代)发布了"咖啡馆、酒吧取缔要项"，1933年又将此作为"特殊饮食店取缔规则"的适用对象。于是咖啡馆等经营者就用了一个新名词，曰"纯吃茶"或"吃茶店"，并竭力洗清色情的形象。于是咖啡馆就以吃茶店的名称继续维持了下来，不仅维持下来，而且随着1930年大萧条后的经济复苏，在都市地区骤然兴盛起来，1935年，仅东京市就有一万家吃茶店(我估计是将各种西餐店都加在了一起)。不久日本发动全面侵华战争，与英美关系交恶，1938年对进口实行了限制，随着战争的扩大和白热化，咖啡原料也完全断了货，再加上日本政府实行了严厉的去英美化政策，民众生活日益艰难，酒吧和咖啡馆(即便名称叫吃茶店)被彻底关闭，日本历史进入了非常黑暗的年代。

战后，百业复苏，万象更新，咖啡馆(人们已经习惯称其为吃茶店了)在食物紧缺的困难中缓慢复活，1950年废除了进口限制，咖啡豆也开始少量进口，当时几乎都供应给了吃茶店，民间很少有售。1960年代及以后，随着日本经济高速增长的实现，日本人的生活发生了彻底的变化，温饱之后开始追求美酒咖啡，各色吃茶店也如雨后春笋，一时间各种吃茶店应运而生。既有个人经营的、富有特色的小店，也有逐渐形成连锁系统的大集团，不仅在大都市，而且将触角渐渐延伸到地方小镇甚至乡村地区，我1992年在日本时获得的感觉是，咖啡馆完全不是年轻人集聚的时尚所在，也不是富有阶级光顾的高档场所，就是一般日本人，在白天尤其是家庭主妇们会友、闲谈、小憩的地方，在轨道交通站点的附近尤其多。日本人一般很少请人到家里来坐，平素的约谈、会谈、闲谈都安排在吃茶店，一杯咖啡或红茶或其他饮料的价格一般在两百到九百日元，通常是在四五百日元左右，与上海的消费价格大致相近，但1992年时，日本人的平均收入在中国人的十倍以上。

我第一次进入日本的吃茶店，记得是1991年11月下旬初访日本时，那时有几位热心于中日友好的家庭妇女，陪同我们一起游览东京原宿附近比较出名的竹下町，一圈走下来，也许有人觉得有些累了，那几位妇女便带我们走进街边的一家吃茶店。说实话，我以前在日语教科书上好像接触过"吃茶店"这个词，但印象已经很模糊，自己的理解好像也是喝茶的地方，就如同中国以前的茶馆（在我的童年和少年时代，茶馆好像也自中国消失了）。

我清楚地记得日本妇女说的是"吃茶店",可是走入店堂内,却并无通常日本人喝的绿茶供应,而是咖啡或者红茶,咖啡当然有许多种类,红茶也有奶茶或者柠檬茶,但我们这帮老土们,对什么卡布奇诺、蓝山咖啡、美式咖啡等完全不懂,胡乱点了一款,只是借个地方在那里小憩说说话。那几位妇女出于对中国人的友好感情,自愿向邀请我们的日本国际协力组织(JAICA)报名来陪同我们。她们有点腼腆地说,请你们吃饭,我们大概没有这个余力,请大家喝杯咖啡还是可以的。那家咖啡馆,我还有些印象,在二楼,空间不算宽敞,也许是因为我们人太多了。总之,从那以后,我知道了吃茶店的真正含义。

后来印象比较深的有那么几次。

1992年春天,我去早稻田大学访学一年,接受我的教授是在北京的大学时代教过我日本文学的杉本达夫。一次杉本教授约请我在高田马场附近见面,带我走进了一家规模不小的吃茶店,环境舒适雅致,背景音乐播放着富有欧洲宫廷气息的巴赫的勃兰登堡协奏曲,外面下着淅淅沥沥的春雨,坐在里面感觉却十分惬意。我冒昧地问了一下老师,这家吃茶店叫什么名字,老师说了一个外来语,说是一个人的名字,也不知中文怎么说。而这个外来语我恰好知道,中文译为雷诺阿,前几日恰好去过位于上野的国立西洋美术馆,那边展出着雷诺阿的几幅作品。后来才知道,"雷诺阿"在日本是一个连锁店,它标榜的就是"无愧于名画的吃茶室",主要开设在东京和周边地区,在东京市内就有八十二家,以典雅、优雅和富有艺术气息为特色,茶具比较讲究,价格稍贵,光顾者多为中年及中年以上的消费者,店内很少有喧哗声,供应的饮料也比较传统,咖啡一般就三种:美式咖啡、奶咖和采用埃塞俄比亚莫卡咖啡调和而成的雷诺阿独家配方的咖啡。除了热饮也有冰镇的。茶则有柚子茶、加奶的宇治抹茶、蓝莓酸奶等,也有冷热两种。

"英国屋"也是一家创业于1961年的老牌吃茶店,追求纯正的欧洲风情,弥漫在店堂内的,是金黄为主的暖色调,所用茶具都是英国的产品,努力营造绅士淑女甚至是皇家的感觉,店内设有软椅,店堂相对比较宽敞,它一般都开在东京、大阪、横滨、神户、京都等大中城市的车站建筑内,这样的地方人流密集,也是人们约见朋友、商谈事务的所在,生意一直很好,虽然价格不低。除了咖啡、红茶,店里做的糕点、冰淇淋也很可口,赢得了不少女性顾客的青睐。它也另辟有包房,可供人们举行生日派对等。在此举行派对,主办者和参加者都觉得挺有面子。

我在日本喝过的最贵的咖啡,是每个人九百日元,在东京老牌的高级酒店帝国饭店,一次朋友聚会,在那里度过了一个很温馨的下午。红茶九百日元一壶,咖啡可以无限量的续杯。帝国饭店的感觉,类似于上海的和平饭店,有些豪华的古典气,九百日元,算来一点都不贵。不过那已是二十多年前的事了,二十年来,日本的物价基本上没有动,现在大概也就一千日元左右吧。

日本很多吃茶店实行自助式,这样可以降低成本,价格也几乎减去一半。开设于1986年的CAFÉ VELOCE,以东京为中心,触角遍布全日本,店面和门窗都涂成红色,很容易相认,VELOCE一词来自意大利语,意思是快速的,实行自助式,拿着红色托盘,付款后自己去取,糖、奶和咖啡匙也是自己取,除了咖啡等饮料外,还有一些吃食,喝完、吃完后自己将托盘放到专门的回收处,中杯的咖啡一百九十日元,这一价格要远低于中国街头的咖啡馆,也要低于日本最基本的巴士车票(东京是二百日元,京都是二百三十日元,路程稍远的,则按路程另加)。来到店内的,多为年轻人,小憩或闲谈,或者手机或电脑上网,气氛也甚为随意。CAFÉ VELOCE现在已开出了一百八十多家连锁店。另一家Doutor Coffee则采取加盟店的方式,连锁规模更大,Doutor是葡萄牙语,医生博士的意思,当年创办这一店家的鸟语博道曾长期在咖啡种植园工作,他后来开设的 Doutor 不只是咖啡店,而是综合性的企业,从咖啡的种植、运输加工和烘焙形成了生产制作一条龙,因此店里所用的咖啡豆都是自家产,价格低廉而品质纯正,在日本列岛开出了一千多家连锁店,成为全日本最大的吃茶店,黑黄相间的店标、水蓝色的檐棚成了它外观的标记,男女老少都会来此小憩,花上几百日元,喝杯咖啡或红茶,吃点新品蛋糕,也给紧张的生活带来不小的滋润。一般咖啡馆内都设有西式早餐,价格从几百到上千不等,但是日本人一般不习惯在外面吃早饭,因此早餐的生意也从来没有兴隆过。

关于吃茶店,我在日本有过一次较为难忘的体验。那是 1998 年的初冬,其时我在长野大学任教,长野大学在长野县上田市的郊外,上田市连郊区也不过十几万人。一次学校在上田市内有活动,结束时还有些早,一位教授提议去喝杯咖啡,于是他带了我们七八个人走入小巷,拐弯抹角地走进了一家完全不起眼的小店。店内暗暗的,一对年近七十的老夫妇,闲闲地坐在柜台内,见认识的那位教授进来,立即站起身来,我们一大拨人进来,也给店内带来了暖意。这家店烧煮咖啡,是用非常老式的类似煤油灯那样的烧煮器,一点点蒸馏渗滴出来,等我们每人手里都拿到一杯咖啡,好像过去了二十几分钟,但那咖啡浓郁的芳香,立即充溢在小小的房间内,弥漫在温暖的空气中,谈话的内容也相当轻松有趣,那对老夫妇脸上漾出了极其快活的神情,我也觉得十分愉悦。出门时,天空中开始飘起星星点点的雪花。那次往事,已经过去了差不多十七年,至今仍然镌刻在我的记忆中。

日本的吃茶店,也曾经染上过几许色情。1980年前后,由某人的创意,在吃茶店内雇用了一批身穿迷你裙、赤裸上身、不穿内裤的女招待,地上用玻璃镜面,以此来吸引顾客,一下子风靡日本都市地区,开出了几十家这样的所谓吃茶店,名曰"无内裤吃茶"。日本除了妓院不准经营外,色情场所是公开的,这样的吃茶店,也不算太过分,只是有点新奇。但后来色情的元素越来越浓,索性就转向专门的色情服务,吃茶也免了。于是风靡一时的"无内裤吃茶"也就销声匿迹了。近来又有许多"漫画吃茶""音乐吃茶""上网吃茶""体育彩票吃茶"等等名目繁多的店家开出来,吃茶只是一个附带品而已,其真正的内涵,与吃茶已无多大关系,这里就打住了。总之,号称吃茶店的地方,除了西式的红茶外,其实并无日本茶可饮,人们也从来不会想到去吃茶店喝一壶绿茶。

2015年4月28日

后　　记

　　1979年9月进入大学开始被动学习日文（我原本一直醉心于欧美，从未想到要报考日文系），语言学得马马虎虎，对日本的兴趣却未真正产生；研究生时，改读了中国文学，此后与日本也一直无缘。直至1991年11月第一次有机会踏上日本国土，翌年又得以在早稻田大学访学一年，此生才算与日本真正结上了缘。后来因受聘任教和短期出访，在日本断断续续待了四年多，平素又好旅行，足迹涉及大半个列岛，但除了日记外，始终没有留下行旅的文字。2005年秋自山口大学回来后，第一次撰写了若干札记。2014年应《文汇报》国际部的邀约，开始为其"行走世界"专栏写稿，陆续有十来篇小文发表。复旦大学出版社的宋文涛编辑获悉此事后,热情鼓励我结集出版。于是对已发表的文字作了若干增补,又增写了十来篇,长短不一,凑成了这样一本小集子。

自己的主观意愿是,以自己多年来的文献阅读和四年多在日本各地的体验为基底,用随笔的形式和不太滞涩的语言,对自己所经历的日本做一点文化和历史的考察。但最终恐怕还是难以突破走马观花、蜻蜓点水、浮光掠影的窠臼,说到底,我还是一个隔岸观花的异邦人,肤浅是这些小文的通病。

如此说来,我还是有负于文涛编辑的一片厚望。然而敝帚自珍,姑且拿出来晒一下,兴许能获得部分读者的青睐,如果他们由此对日本萌发了一点点兴趣,或者对日本多了一点点知识,那就是我最大的祈愿了。

2016 年 4 月 27 日于复旦大学望得见燕园的研究室

图书在版编目(CIP)数据

观知日本——一个中国人的东瀛履迹/徐静波著.—上海:复旦大学出版社,
2016.9(2020.11重印)
(复旦小文库)
ISBN 978-7-309-12493-4

Ⅰ.观… Ⅱ.徐… Ⅲ.随笔-作品集-中国-当代 Ⅳ.I267.1

中国版本图书馆 CIP 数据核字(2016)第 188266 号

观知日本——一个中国人的东瀛履迹
徐静波 著
责任编辑/宋文涛

复旦大学出版社有限公司出版发行
上海市国权路 579 号 邮编:200433
网址:fupnet@fudanpress.com http://www.fudanpress.com
门市零售:86-21-65102580 团体订购:86-21-65104505
外埠邮购:86-21-65642846 出版部电话:86-21-65642845
浙江新华数码印务有限公司

开本 787×1092 1/32 印张6 字数92千
2020 年 11 月第 1 版第 3 次印刷

ISBN 978-7-309-12493-4/I·1013
定价:30.00 元

如有印装质量问题,请向复旦大学出版社有限公司出版部调换。
版权所有 侵权必究